NEWS
OF THE
WORLD

Captain Kidd laid out the Boston Morning Journal on the lectern and began to read from the article on the Fifteenth Amendment. He had been born in 1798 and the third war of his lifetime had ended five years ago and he hoped never to see another but now the news of the world aged him more than time itself.

讀 報 人

Paulette Jiles

波蕾特・賈爾斯——著 張家綺——譯

讀報人

■書評推薦

「這本小說細膩描寫自由的喜悅……兩人相依為命，始料未及地發展出彼此從未體驗過的親情，這是一部狂放不羈的德州荒野歷險記，也是異文化間的握手言和……能把這些全寫進這本強而有力的小書裡，咱們的波蕾特．賈爾斯就是有本事用三言兩語道盡一切。」

——《紐約時報》（*New Your Times*）

「賈爾斯的抒情風格和簡單扼要的標點，讓讀者完全沉浸在塵土飛揚的德州風光中，目擊兩個最不可能相遇的靈魂，在這段旅程中共同經歷痛苦、恐懼、同情、喜悅。」

——《書單》星級評論（*Booklist*）

「令人心碎的絕美故事。一個白髮蒼蒼的老先生，一個迷失方向的小女孩，兩人的互動充分展現人與人之間的關懷，以及於世界的自我定位的意義。」

——《戴珍珠耳環的少女》作者，崔西．雪佛蘭（Tracy Chevilier）

「波蕾特．賈爾斯的蠻荒西部……完全重磅出擊。而且，天啊，賈爾斯可眞會寫……《讀報人》意外地柔情萬分，卻絕不柔弱。她的文字只有美好二字可以形容。」

——《今日美國報》（*USA Today*）

「如果你是德州歷史小說的愛好者，絕不能錯過這本西部小說。」

——《圖書館期刊》（*Library Journal*）

「震撼的豐富歷程……基得上尉應該與《眞實的勇氣》（*True Grit*）的公雞考伯恩和《孤獨之鴿》（*Lonesome Dove*）的葛斯及柯爾並列西部小說名人堂，當之無愧。」

——美國國家圖書獎得主、《冷山》作者，查爾斯．佛雷澤（Charles Frazier）

「美麗絕倫的故事……賈爾斯的文字敏銳細膩……她用最精練的語言，表現兩個完美角色的每一種情緒，層層堆砌至故事結局。」

——《扉頁》雜誌（*BookPage*）

「賈爾斯描述一個俘虜從凱奧瓦族手裡被贖回、引人入勝的劇情，寫出一個讓人憶起氣氛緊繃的後內戰時期的德州故事……賈爾斯娓娓道來上尉和喬韓娜的故事、美國的今與昔，流暢卻款款地交代一個熠熠動人的寓言，在在證明她當眞是西部文學大師。」

——《出版人週刊》（*Publisher Weekly*）

「去除兩位主角所面臨的險惡環境和恐怖情勢之後，貫穿整部小說的是強烈的人性主題，探討社群、家庭與友情，更帶著能令人會心一笑的幽默感。美國老西部是讀者想像世界的經典，《讀報人》正是這類經典文學的一流作品。」

——加拿大《環球郵報》（*The Globe and Mail*）

「這是一部文字細膩、精彩至極的小說……充滿戰爭煙硝的時代背景中，最醒目的莫過於一段動人的友情，一個無所適從的小女孩，一個衰老無力的男人，這兩人應該列爲美國蠻荒西部的最奇妙搭檔。」

——《華爾街日報》（*Wall Street Journal*）

「生活在這個複雜的世界中，很高興能知道誰戴白帽、誰戴黑帽，並聲援一位最初是爲了責任，後來則爲了愛而做些純粹而美好事情的人。這就是《讀報人》：純淨而美好。」

——亞馬遜月選書書評，艾琳．科迪切克（Erin Kodicek）

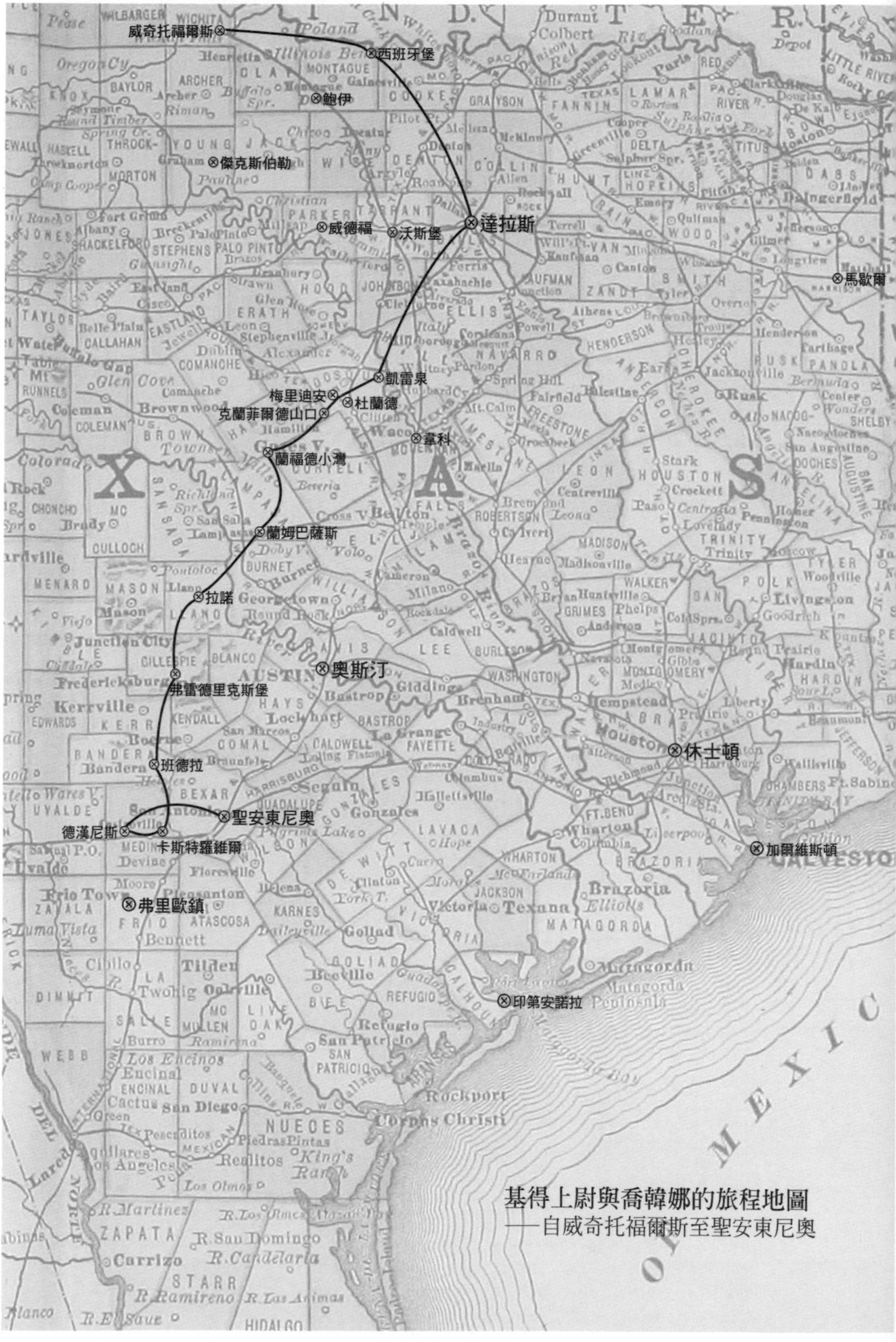

基得上尉與喬韓娜的旅程地圖
——自威奇托福爾斯至聖安東尼奧

讀報人

目次

第一章……11
第二章……25
第三章……31
第四章……43
第五章……53
第六章……65
第七章……75
第八章……89
第九章……97
第十章……107

第十一章……119
第十二章……129
第十三章……141
第十四章……155
第十五章……167
第十六章……181
第十七章……195
第十八章……199
第十九章……209
第二十章……219
第二十一章……227
第二十二章……233
作者的話……245
致　謝……247

獻給我踏上迢迢長路的朋友

蘇珊、茱恩、艾波兒、南茜、卡羅琳、汪達、

艾芙琳、莉塔·懷特曼·威畢特

第一章

一八七〇年冬季，德州威奇托福爾斯

基得上尉攤開《波士頓晨報》，開始朗讀第十五修正案的報導。他生於一七九八年，人生經歷的第三場戰爭才剛於五年前落幕，他希望有生之年別再看到戰爭，偏偏現在的世界新聞比光陰更催人老。不過他仍未停止巡迴讀報，即使是遇到春日的冰冷陰雨也照讀不誤。他經營過印刷廠，但戰爭奪走印刷廠和他擁有的一切，南方聯盟的經濟早在投降前就崩潰，所以他現在帶著裝有報章雜誌的防水公事包，豎起大衣領子抵禦風寒，在北德州各城鎮飄泊，讀報維生。他有匹好馬，總是擔心被人偷走，但到目前爲止都只是多慮。就這樣，他在二月二十六日來到威奇托福爾斯，用大頭釘到處張貼海報，並在馬廄裡換上讀報裝。外頭大雨滂沱、雨聲震天，幸好他的丹田很有力。

他抖開《波士頓晨報》的紙頁。

然後開始朗讀：「第十五修正案於一八七〇年二月三日正式批准，不分種族膚色、不考慮先前是否曾爲奴隸，凡是資格符合的男性，皆准予投票權。」他的目光越過報紙上緣，老花眼鏡折射出光線，他往講台微微欠身。「意思是有色男士也算在內，」他說，「拜託各位不要大驚小怪，或發出小女生般的尖叫。」他轉頭，目光在抬臉望著他的人群中搜尋。「我可以聽見嘀咕聲，」他說，「安靜，我最討厭嘀咕。」

上尉瞪了他們一眼，說：「下一則新聞。」然後抖開另一份報紙，「最新一期的《紐約論壇報》報導，一艘捕鯨船通報極地探索船漢莎號進入北極時不幸被撞擊，沉入大塊浮冰下，沉沒地點是格陵蘭北緯七十度的位置。文章沒提到生還者。」他不耐煩地翻頁。

上尉鬍子刮得乾淨，臉孔猶如北歐古文字般有稜有角；他白髮蒼蒼，身高尚未縮水，依舊是一百八十公分。牛眼燈散發出暖光照亮他的髮絲，他背後腰帶上插著一把短槍管的史洛肯左輪手槍。這是把五發的點三二口徑手槍，但他不大喜歡這把槍，也鮮少使用。

他的視線越過人頭海，看見布里特・強森和他的搭檔潘特・克勞富、丹尼斯・柯雷頓一起倚在後側牆上。他們是自由之身的黑人，布里特是承運人，另兩人則是他的司機。三人手裡提著帽子，同時蹺起一隻穿著靴子的腳，抵在身後的牆面上。大廳門庭若市，這個廣闊的開放空間平時用來儲藏羊毛、舉行社區會議，也供給像他這樣的讀報人使用。群眾幾乎清一色是男性白人，提燈的光線強烈，室內空氣滯悶。基得上尉帶著他的報紙在北德州各城鎮巡迴走跳，對著像是這個大廳或教堂裡的群眾高聲朗讀當日新聞，每個人頭收費一角。他獨自行動，沒人幫他收款，卻也很少有人不付帳，要是不付錢被逮個正著，就會被人提起上衣領，擰絞成一個結，說：「你明知道應該繳交一角，在場的人都繳了。」然後硬幣落入顏料罐，發出哐啷一聲。

□

他的視線往室內一掃，發現布里特．強森正用食指指向自己。基得上尉迅速朝他點頭，盡快唸完《費城詢問報》有關英國物理學家詹姆斯．馬克斯威爾的以太電磁干擾理論文章，文中提及以太的波長比紅外線輻射來得長。唸這篇文章的用意就是要讓聽眾打呵欠，冷卻情緒後離開。近期他對於各種麻煩事，以及他人的情緒是越來越不耐煩，覺得人生空洞苦澀，而且略微走味腐壞。遲鈍呆滯彷彿煤氣般滲透進他體內，除了尋覓寧靜獨處的角落外，不知該如何是好，也因此總是無法耐著性子唸完報紙。

上尉摺好報紙、收進公事包，朝左邊一個欠身，吹熄牛眼燈的火。當他穿過人群時，很多人和他握手。人群中有個淺亮髮色的男人正坐在那裡注視著他，身旁有兩名看似印第安或是印第安混血的人。上尉知道他們是惡名在外的卡多人。坐在椅子上的金髮男子轉身緊盯著布里特，其他人則上前感謝上尉爲他們讀報，詢問他已經成年的孩子是否安好。基得頷首道，「還過得去、還過得去。」然後走到大廳後面和布里特及他的搭檔會合，看看布里特究竟有什麼事。

□

他以爲布里特是想講第十五修正案的事，但完全不是。

「上尉好，方便和我來一下嗎？」布里特挺直腰桿，把帽子戴回頭頂，丹尼斯和潘特跟著做。布里特說，「我的馬車裡有個大麻煩。」

她看起來年約十歲，穿著印第安騎士風格的鹿皮直筒連身裙，連身裙正面縫了四排駝鹿牙齒，肩膀上披著厚毯。她擁有楓糖色調的頭髮，一束頭髮上別著兩球以細小刺針固定的蓬蓬絨毛，還綁著一條有著金鷹翅膀羽毛的細繩，羽毛歪斜橫在兩團蓬蓬絨毛中間。她端正坐在那裡，彷彿那是什麼稀奇珍貴的裝飾品般地戴著羽毛和一串玻璃珠項鍊。她有著湛藍眼珠，皮膚散發著白皙肌膚久經太陽曝曬後才有的特殊光澤，臉孔就像一顆蛋般面無表情。

「懂了，」基得上尉說，「這下我全懂了。」

他把黑色大衣領口往上一翻以抵擋冷風大雨，脖子邊則圍了厚重的羊毛圍巾，鼻子呼出團團霧氣。他咬著左下唇，思索著自己正透過布里特手提防風煤燈光線看著的畫面，奇怪的是，這居然讓他渾身起了雞皮疙瘩。

「眞是萬萬沒想到。」他說。這孩子既像假人又像有毒物品。

爲了遮風避雨，布里特將一輛馬車駛進馬廄通道的屋簷下，但並無法完全遮蔽，紛落的雨水猶如鼓聲般瘋狂敲打著馬車前半部和駕駛座，叮噹作響，噴濺的大雨聲勢嘹亮激昂。馬車後半部藏在遮雨棚下方，而他們四人全杵在那裡，像發現被陷阱活逮的怪東西般猛盯著小女孩，彷彿她是個完全無從分類、具有潛在危險性的外人。小女孩坐在一大綑軍服上方，雙眼在煤燈底下反射出薄弱透亮的湛藍；她定睛凝視，仔細觀察他們的一舉一動，每一個舉手投足。她的頭一動也不動，唯獨眼珠轉動。

「是啊，先生，」布里特說，「她從錫爾堡到這裡的途中跳過兩次車。哈蒙德事務官偵查到她的身分是喬韓娜・雷昂伯格。四年前，她六歲時在卡斯特羅維爾附近被人捉走，就在距離聖安東尼奧南邊不遠處。」

「我知道那裡。」基得上尉說。

「是啊，先生。事務官握有所有細節。如果眞是她，那現年大概十歲。」布里特・強森是個高大魁梧的男人，卻用不信任的懷疑眼神瞅著小女孩。他在防她。

我的名字是小蟬，我父親叫作化水，母親是三斑，我想回家。

但他們聽不見她在說什麼，因爲她並沒有眞的說出口，這句樂音般抑揚頓挫的凱奧瓦語，只在她腦海裡有如蜜蜂般嗡嗡響起。

基得上尉問：「他們知道她的父母是誰嗎？」

「是，先生，他們知道。至少可大致從她被人帶走的日期推敲出來。我說的是事務官。她的父母和妹妹在一次突襲裡喪命，事務官從她親戚——威爾罕姆和安娜・雷昂伯格——也就是她的伯伯和伯母那裡取得她的身分證件。事務官交給我價值五十美元的金塊，要我送她回卡斯特羅維爾，她家人請一位從聖安東尼奧的單位調遷北部的少校把黃金轉交給事務官，事務官本來打算把黃金交給某個能帶她回家的人，我自告奮勇帶她離開印第安領地穿越紅河，但這趟旅程並不輕鬆，昨天還差點溺斃。」

上尉說：「自昨天起，河水已經漲了六十公分。」

「我知道。」布里特一隻腳踩著掛鉤，防風煤油燈的燈光打在後擋板上，照亮貨車內部，彷彿正等著揭露墳墓裡的外來生物。

基得上尉摘下帽子甩乾水。布里特・強森至少從紅人那裡解救過四名俘虜——一次是科曼契人，一次是凱奧瓦人，還有一次是從堪薩斯州的夏安人手裡成功救回俘虜。六年前的一八六四年，布里特的妻子和兩個孩子也被俘，他親自出馬解救他們。沒人曉得他究竟是怎麼辦到的，他如有神助，單槍匹馬前往似乎只會吸引死神、召來危險的北美印第安平原。擁有深色肌膚、強壯多謀的布里特，接下解救俘虜的任務；動作快如夜鷹，他騎著馬衝破子夜。但即便是布里特，也不打算親自送小女孩回父母身邊，五十美元的黃金也無法說動他。

「你何不自己走一趟？」基得上尉說，「反正你都已經大費周章地送到這裡，五十美元可是可觀的數目。」

「因為我覺得應該能在這裡找到送她回家的人，」布里特說，「從這裡到目的地耗時三週，回來又是三週，況且那裡沒有需要我運回來的東西。」

他身後的潘特和丹尼斯點頭如搗蒜，雙臂交扠在厚重的防水上蠟帆布衣前。反射出悠長光亮的幾灘水，徐徐流過馬廄地板，猶如發亮污漬般映照出煤燈光火。大小如同五分錢幣的雨水滴落屋頂，屋頂為之震動。

身形像蜘蛛般纖細的丹尼斯・柯雷頓開口了：「這麼一來，我們這六週可是一角錢都賺不到。」

「但要是那裡有可以讓我們運回來的東西就有賺頭了。」潘特說。

「潘特，閉嘴，」丹尼斯喝斥，「你在那裡有人脈？」

「好啦，是沒有，」潘特說，「我閉嘴就是。」

布里特說，「這就是原因，我不能放下貨運工作那麼久，還有訂單要送。再來還有個問題，那就是如果有人發現是由我送這個小女孩回去，我麻煩就大了。」他直勾勾地望著上尉的眼睛，說：「她是白人，你送她吧。」

基得上尉摸著胸前口袋裡的菸，卻遍尋不著。布里特捲了支菸遞給他，然後用一隻大手擦亮火柴。基得上尉並未因戰爭失去兒子，因爲他只有女兒，兩個女兒，所以他很懂女孩心思。他不知道印第安人怎樣，但他很了解女孩子心思，而現在這小女孩臉上寫著輕蔑。

他說：「布里特，你找個要去當地的家庭接手吧。用溫暖的愛和光芒融化她，好好教她。」

「這個點子是不錯，」布里特說，「但你當我沒想過嗎？」

「又怎麼了？」基得上尉吐出一團煙，女孩的視線並未隨著煙移動，她的目光完全沒有從這三個男人的臉孔和雙手上移開。她的顴骨上爬著密密麻麻的雀斑，手指生硬得像船頭，上面的黑色指甲整齊地排成一列。

「問題是找不到，要找到值得信賴的人談何容易。」

基得上尉頷首。「但你之前送過小女孩，」他說，「布雷尼家的女孩就是你送回去的。」

「那一趟沒這麼遠，再說我那裡人生地不熟，你倒是很熟。」

「嗯，那倒是。」

基得上尉在聖安東尼奧待過幾年，他曾與一個聖安東尼奧家族的成員結婚，很清楚當地人和他們的風俗民情。德州北部和西部有很多自由之身的黑人，全是承運人和探子。戰爭結束後，加入美國第十騎兵團的都是黑人。然而普羅大眾心底依舊無法摒除他們對自由黑人的偏見。一切都像助熔劑般不穩。助熔劑——焊接的輔助用具，可幫兩件物品表面熔合，是種易燃的不穩定物質。

上尉說：「你可以請陸軍護送她，他們也負責運送俘虜。」

「他們現在已經不做這些了。」布里特說。

「要是你沒想到我，會怎麼做？」

「我不知道。」

「我剛從鮑伊過來，原本很可能直接往南，挺進傑克斯伯勒。」

「我們才剛到這裡就看見你的海報，」布里特說，「這不是天意是什麼？」

「最後還有一個可能的做法，」基得上尉說，「或許你可以把她送回印第安人身邊，捉走她的是哪一族？」

「凱奧瓦族。」

布里特也在抽菸，他輕輕抖著擱在掛鉤上的腳，鼻孔噴出藍色煙霧，目光瞥向小女孩。她也回視他；他們像是不共戴天的仇人，眼睛死黏在對方身上。放肆無度的豪雨嘶嘶噴灑於街道地板，屋頂炸碎的雨水讓每個威奇托福爾斯的屋頂都籠罩在朦朧薄霧中。

「他們又怎麼了？」

布里特說，「凱奧瓦人不想要她，他們總算覺悟，族裡有白人俘虜只會招來騎兵團的追緝。事務官要他們交出所有俘虜，否則就斷了配糧，甚至派出第十二和第九騎兵團追捕。所以他們才帶她來，想以十五件哈得遜四線毛毯和一組銀製餐具的價值賣了她，最後獲得四枚德國銀幣，他們會熔化銀幣製成手鍊。是亞培里安烏鴉的人帶她來的，她母親把她的家紋剪得粉碎，足足一個多公里的路程都聽她一個人大哭。」

「她的印第安老媽。」

「正是。」布里特說。

「當時你在場嗎？」

布里特點頭。

「我很好奇她還記不記得六歲以前的事，對過去的事是否有印象。」

「沒有，」布里特說，「她啥都不記得了。」

小女孩仍然文風不動地坐著，要這麼長時間挺直背桿很費勁。只見她正襟危坐在一綑包裹著粗麻布的軍隊制服上，粗麻布上的模板印刷字體指名這是要交給貝克那堡的東西。她四周堆放著裝有琺瑯洗手台、鐵釘、油封煙燻鹿舌的木箱，裝了一台縫紉機的大箱，幾袋重達二十二公斤的糖。煤燈光線下，她的圓潤臉龐顯得平淡，沒有一絲陰影或柔軟，好比雕刻。

「她完全不會說英語？」

「一個字都不會。」布里特說。

「那你怎麼知道她什麼都不記得？」

「我兒子會說凱奧瓦語，他當過一年凱奧瓦人俘虜。」

「對哦，我想起來了。」基得上尉挪動他那壓在沉重厚呢大衣外套下的肩膀。這件外套是黑色的，和他的禮服大衣、背心、長褲、帽子、方頭鞋是同一色系。他身上的襯衫才剛在鮑伊上漿、漂白、熨燙，是件相當好的白色棉衫，上頭用白色絲線繡上豎琴圖樣。襯衫目前還撐得下去，只是邊緣都輕微磨損，這也是煩惱他的小事之一。

他說：「你兒子會和她說話。」

「會，」布里特說，「前提是她願意和他說。」

「那你兒子會和你說話嗎？」

「會啊，帶他上路總比讓他待在家裡好。他適合外出，這些俘虜回來後往往都變了一個人，我兒子還差點不肯和我回家。」

「是這樣嗎？」上尉詫異不已。

「是啊，先生。他當時正在接受戰士特訓，還學會凱奧瓦語，這語言可不好學。」

「他和他們在一起多久？」

「不滿一年。」

「布里特！這怎麼可能？」

「我也不知道。」布里特抽著菸，回身倚在馬車的後擋板上，望向漆黑的馬廄。馬廄裡傳來馬兒和騾子咀嚼乾草的聲音——磨石般牙齒的摩擦聲，馬鼻子偶爾不慎吸入乾草粉塵時的噴氣聲，以及如砲彈般碩大的腳的移動聲，上油皮革挽具和穀物的氣味撲鼻。布里特說：

「我也想不透，但他回來時完全變了一個人。」

「哪方面不一樣？」

「屋頂讓他不舒坦，待在室內讓他覺得渾身不自在。他不想乖乖坐著學寫字，變得膽怯，後來態度轉爲傲慢。」布里特把香菸往地上一丟，用腳踩熄。「眞正的重點是凱奥瓦人不願意收她。」

除了其他原因，基得上尉知道布里特之所以放心委託他送小女孩回家人身邊，是因爲他已經是個老男人。

「好吧。」他說。

「我就知道你會幫這個忙。」布里特說。

「嗯，」上尉說，「就這麼辦吧。」

布里特的膚色深如馬鞍，但冬雨下個不停，數個月都曬不到太陽的臉龐變得比以往蒼白。他的手伸進破損的大衣裡掏出硬幣。發出冷光的硬幣是二十二克拉黃金，價値八個西班牙埃斯庫多，邊緣仍有印壓痕跡，沒有刨平。這可是一大筆錢，現在每個德州人都數著自己寥寥無幾的錢，數得到幾分幾角就已經可喜可賀；德州經濟崩垮，新聞和私人資金貸款都不易取得，尤其是接壤紅河河岸、屬於印第安領地的北德州。

布里特說：「這就是那家人寄給事務官的錢，她父母的名字是詹恩和葛蕾塔，凱奥瓦人捉走她時殺了他們。拿去吧，」他說，「不要對她掉以輕心。」

他們瞅著她，小女孩像是忽然暈過去般，從貨櫃箱和一綑綑物品間滑落，然後拉起厚毯蓋住頭頂。一直被人盯著讓她覺得很累。

布里特說：「今天她會在馬車裡過夜，反正她無處可去，也無法取得任何我想像得到的武器。」他提起煤燈往後一退。「但記得千萬要小心。」

第二章

威奇托福爾斯鎮的女人給了她一套藍黃條紋連身裙和內衣褲、梳毛紗長襪、頸部有蕾絲綁帶的睡袍，以及一雙還算合腳的鞋，卻拿她一點也沒輒。她們不想用蠻力對付一個前臂有疤、目光猶如陶瓷娃娃般冷淡的瘦小女孩。她們根本不想和這孩子纏鬥，何況她還有頭蝨。最後上尉帶她到羅蒂機構。該機構裡的女性勇猛強壯，曾以軍營之花的姿態長征，還有不少人蹲過苦牢，爲達目標，即使動用蠻力也在所不惜。但她們共耗費兩個鐘頭才成功扒下女孩的凱奧瓦服裝，把她塞進澡盆。其中一個女人將以玻璃珠和寶貴駝鹿牙齒裝飾的鹿皮衣扔出窗外，再拔掉紮在她爬滿灰色小蟲頭髮上的羽毛。

她們把小女孩的頭壓在熱水罐下澆水，再以藍色肥皂用力搓洗她的頭皮和身體。她奮力抵抗，就一個十歲孩子來說，她身手矯健、體格纖細，力氣大得不可思議，加上全身都是滑溜溜的肥皂泡泡，根本沒人捉得住她。洗澡水和肥皂水沿著牆壁流下。最後澡盆翻倒，洗澡水順著地板裂縫流到樓下接待室，弄髒了紅色植絨壁紙。小女孩蹲伏在地上，用平板無神的目光注視在場所有人；一綹綹頭髮像是平貼在頭頂、濕答答的細繩。她們費盡九牛二虎之力才把她塞進內衣褲、連身裙、長襪和鞋子裡。

最後她們把小女孩推出前門，慢走不送。她身上濕答答的長襪歪七扭八。雨後街道積水，在車輪軌跡裡形成長條水灘。上尉牽起她僵硬的手走回馬房，她沒有拉高裙襬，顯然不知道該這麼做，或不曉得有必要，再不然就是根本不在乎。走到馬廄時，她的裙襬已沾上好幾磅重的紅褐爛泥。她低頭發出窒息般的悶聲，他這才察覺她正努力不讓自己哭出聲。

上尉運氣不錯，他用那枚西班牙幣向馬房買到一輛四輪馬車。其實這是短途輕馬車，粉刷著光澤熠熠的墨綠色，車身漆有金色「東德州療癒礦物溫泉水」字樣。他想不透這馬車是怎麼從休士頓一帶來到這座紅河岸小鎮，想必有段無人知曉的歷史，而這段歷史將永遠塵封，不為人知。這是十分時髦的小型交通工具，與馬車同寬的雙排座椅兩兩相對，乘客可以面對面坐著。馬車另設有撐起頂篷的桿子，可分別在左右兩側掛上簾子；這副裝備很難抵擋惡劣天候，但已經是他能買到的最好的馬車了。

要是成功抵達卡斯特羅維爾或聖安東尼奧，他打算在當地賣掉馬車，而期望這趟遠行所用的馬車能有彈簧椅吸收車輪震動，根本是痴心妄想。他的花毛母馱馬負責拖曳馬車，栗色鞍馬則跟在後頭。

如此一來，他也能隨時盯著女孩。他真希望能知道她的凱奧瓦名字。他可以叫她喬韓娜，但這不重要，因爲她壓根不知道這個名字源自聖經《申命記》。

基得上尉換上防水大衣、牛仔褲和素面開襟襯衫，戴上帽沿不平整的老舊旅行帽，悉心摺好黑色讀報西裝，收進毛氈旅行袋，再把讀報用的帥氣黑帽放進錫製帽盒。牛仔們都稱這種帽盒爲帽罐。年輕人大可不修邊幅，但老人家要是不精心打理一番，就很容易像個流浪漢，每次讀報他都得精心打扮成權威與智慧的象徵。

他打包好報紙、直式剃刀、剃鬍肥皂、梳子，還有一只裝有火藥、火帽、填料、彈簧填彈條的霰彈槍彈藥盒。他把霰彈槍、新採購的奶油罐頭、牛肉乾、培根、兩張羊皮、一小盒急救醫藥箱、一桶麵粉、水瓶、蠟燭燈、一個小瓦斯爐擺上車斗。接著放上用來裝報紙的公事包和鮮少派上用場的德州道路地圖。最後是騎士靴、馬鞍和毯子。他把小女孩抱上馬車車斗，比手畫腳地示意她「等一下」，接著回頭去找布里特。

□

他們的馬車停在一間百貨商店前，丹尼斯和潘特正在想辦法分攤兩台馬車的貨物載重。布里特的兒子也和他們在一起，他工作認眞快速，似乎正焦慮地望著父親。丹尼斯負責監督裝載過程，他們得跨越位居上游的小威奇托，可不希望馬車到時倒頭栽。他們的拉車馬陣容全是栗色馬，匹匹是好馬。

上尉說：「布里特，現在哪條路可以過？」

布里特爬上其中一輛馬車的駕駛座，兒子坐在他身邊，丹尼斯則駕駛另一輛，潘特在他身旁快活地抽著雪茄吞雲吐霧。在黯淡無色的北德州晚春，低矮的天空依舊飄著毛毛細雨。

布里特說：「上尉，沿著紅河那條路，前往東部的西班牙堡，據說那裡還沒淹水。離開西班牙堡後，走東南方通往威德福和達拉斯的路。可以的話，請盡早抵達西班牙堡，但別太接近紅河，畢竟河水還在上漲。接下來你可以在威德福和達拉斯問到通往南部的梅里迪安路怎麼走。」

「很好，」上尉說，「感激不盡。」他想到自己的孤寂，那稀薄貧乏的人生和煤氣，喃喃道：「通往南部的梅里迪安路。」

布里特舉手投足都充滿軍人風範，他全神貫注的眼神來自連續幾個月的艱辛偵查經歷。他從馬車座椅上彎下腰，伸出一隻手。

「先生，讓我看一下你的史洛肯槍。」

基得上尉掀起他破爛的工作外套，從身後掏出那把左輪手槍，槍托向布里特遞出，赤裸的手還滴著雨水。

布里特轉過手槍左瞧右看，說：「上尉，這根本是我十歲時才會收到的聖誕禮物嘛，連標準裝藥都沒有。」布里特把史洛肯放一旁，掏出他的史密斯威森手槍遞給老傢伙。「多虧你願意接手這個難搞小鬼，」他說，「算我欠你的人情。你還有什麼武器？」

「一把十二鉛徑的霰彈槍。」基得上尉努力壓抑上揚的嘴角。裝備新穎齊全的年輕人，想要照顧跟不上時代腳步的老傢伙。

「當心右側。」

「我是左撇子。」

「那更好。」

基得上尉伸手握了下布里特的手，然後目送他們離開。兩輛狹長的馬車載著沉甸甸的貨物，栗色大馬的身體往馬軛前傾，嘴邊吐出霧氣，用力踏步拖行，直到背脊上的背鏈拉到緊繃立起。車輪先是在赤色街道的泥濘裡徐緩動起來，接著一條條輪輻也跟著旋轉。丹尼斯的尖細嗓門朝他的馬兒高聲喊著：「走呀！快走！」站在駕駛座後方的布里特手握韁繩，大帽子甩出水花，他激勵鼓舞地喊著馬兒名字，兩輛貨運馬車遂開始以步行速率移動。

上尉解開駕駛桿的長韁繩，一開始他那頭小母馱馬還生悶氣不想動，兜著牠最討厭的挽具打轉，但最後身體終於前傾，拖拉起馬車。

上尉大喊：「芬西，我對妳不夠好嗎？我沒餵妳吃飯、沒幫妳裝馬蹄鐵嗎？乖女孩，快走啊！」

在他們視線範圍外，幾個人佇立在門口望著他們離去。有幾個人看著老傢伙和難搞的十歲小女孩時不禁搖頭。紅河泥漿噴濺上小女孩的新連身裙，裙襬沾黏著一層鐵紅色污泥。除了這些人，還有幾張鬼鬼祟祟、趣味盎然的貪婪臉孔，淺色頭髮的男人頸部圍著藍色花樣頸巾，鼻孔飄出一縷香菸煙霧。

布里特和他的兩輛馬車往南走柴爾德里斯街，前進小威奇托下游，上尉和小俘虜則前往西班牙堡。車輪噴濺出弧形污泥髒水，在馬車車體留下斑斑污點。上尉和喬韓娜會穿越克羅斯廷伯斯進入西班牙堡，再往南進入達拉斯，最後往南六百四十公里進入「樹枝鄉」，也就是聖安東尼奧的短灌木鄉村，那裡沖積河川流動輕緩，山谷長滿碩大櫟樹，人們的生活不疾不徐。

淺色髮男人將雪茄菸蒂丟進小水窪，身旁有兩個跟班，這兩個脫離部落國度的卡多人離經叛道、四處飄泊，惹出不少麻煩，卻也累積了對人性某一層面的認識，深知在面對極大脅迫時，人很可能說出或幹出什麼事。即使這不是能夠掌控的事，但仍令他們蠢蠢欲動。

第三章

上尉是在一八一二年投入延燒至一八一五年的英美戰爭中，一頭栽進喬治亞民兵部隊，那年他剛滿十六歲。民兵部隊在安德魯・傑克森麾下前進西部，參與阿拉巴馬州的蹄鐵灣之役。傑佛遜・凱爾・基得當時只是小兵，舉手將上尉這個軍銜投給湯普遜。那時他們坐在喬治亞州丘陵的堆置橫木上，等著隔日出發。就在備齊補給品、武器、彈藥、個人裝備，也找到馬之後，發現有必要選出軍官。事實上，他們確實需要軍官，他們得行禮喊出「是的，長官」、「不是的，長官」，端出軍人架勢。他們去年選出的兩名軍官已不在人世，另三名則調往田納西州。他們不明白陸軍中士和下士有什麼用，於是決定不選這些長官。他出身喬治亞州丘陵，不論是思考和說話模式都是喬治亞州人，而這些習慣和口音也將永遠跟著他。他舉手把這一票投給了湯普遜。

在一八一四年三月二十七日的戰役中，子彈擊中他的右臂外側，留下一道長長的傷痕，子彈撕裂了褲子，染上鮮紅血液。當時他和喬治亞州士兵及約翰・科菲指揮官的軍隊在蹄鐵灣南邊，拆下小木屋的木材充當防護矮牆，而他絲毫未察覺自己中彈。他伏臥在兩名同鄉士兵身旁，靠在防護矮牆上開火，一口巨大肥皀鍋從壁爐滾到防護矮牆邊，河川對岸的克里克和喬克托印第安人則朝他們連番開火，擊中肥皀鍋，發出敲鐘般的巨響，聲音大到讓他們聽不見伏臥在前方，並朝他們匍匐找掩護的湯普遜。

後來還是薛爾曼・福斯特對他喊道：「傑夫、傑夫，湯普遜上尉在前面！」

人稱紅棍的馬斯科吉克里克印第安人，從塔拉普薩的對面攻擊，火力精準。他們瞄準小木屋、肥皀鍋，並發現湯普遜也在射程內。紅棍唯一的武器是滑膛槍，不過點七二口徑的碩大彈頭絲毫不輸步槍，照樣能致人於死，而河川對岸的槍管長如拖車牽引架。他用手帕裹好燧發槍機的擊發裝置，擱在沙土上，再將角製火藥筒和裝藥量器帶繞過頭頂卸下，脫掉子彈匣，匍匐前去營救上尉。即使時值三月底，阿拉巴馬州已烈陽高照，日光炙熱，河水看起來就像金屬熔液，在無風的空氣中，火藥煙霧水平擴散，湯普遜已連一聲都無法吭出。他爲何要跨過擋牆？萬物呈現著如烤餅和橙黃陽光的色澤，那是火藥煙霧的硫磺顏色。

他滑到兩根倒塌的木材中間，探出手去拉湯普遜伸出的胳臂。四周沙土像小型地雷炸藥般連連爆破，敵方火力毫無間斷。他捉住上尉淌著血的胳膊並撕裂衣袖，將湯普遜拖回十字小木屋橫梁後方躲避子彈。上尉被拖回時，壓到了碎裂的鏡子、月曆、幾根湯匙，靴跟踢到月曆，月曆三月、四月、五月地翻頁。

基得在同袍掩護下救回上尉，可是上尉已奄奄一息。把一個人翻成正面檢查是否尚有生命跡象的感覺很奇怪，畢竟生命是肉眼看不見的東西。他的喉嚨正中央中彈。「你整天都去哪兒了，我的孩兒藍道爾？噢，母親，快幫我鋪床，我心傷懷，得快點躺下。」他這輩子經常反覆聽這首歌，但直到現在才懂得歌詞箇中涵義。他撕開湯普遜的軍裝夾克、上衣，目睹生命一點一滴流失，逐漸消逝。

「你中彈了，」薛爾曼說，「你快看，你中彈了。」

「我中彈了？」上週剛滿十六歲的傑佛遜．凱爾．基得往後方黃土一仰，低頭查看自己的身體、手織棕色褲、方頭靴、修長雙腿，然後看見右臀外側擴散的猩紅色血漬，手織褲織布嵌入他的肉裡。「我沒事，」他說，「這沒什麼。」

後來他們得脫下他的褲子，幫忙包紮臀骨和胯下，雖然頗難為情，但傷口癒合得很好。他們說需要一名陸軍中士，於是基得雀屏中選。薛爾曼晉升中尉，海瑟基亞．彼得則代替湯普遜成為上尉。就這樣，他有了一個自己毫無所知的軍階。

戰後，他和幾位美國步兵團第三十九師的軍官坐在帳篷內，詢問並詳細筆記陸軍中士的職責。他想盡好自己的本分，卻惹來大家的嘲笑——不到二十歲就當上陸軍中士耶。這就是民兵部隊。他們嘲笑他的口音；這些人來自緬因州和紐約州，發音含糊不清，講著「護寺」、

「椽主」、「少牛」。基得頭低到差點沒貼上紙張，就是不肯讓他們看見他疑惑的表情，後來才搞懂他們是在說「護士」、「椽子」和「小牛」。

他有條不紊地列出一份清單，清楚羅列出所有陸軍中士的義務，因爲這世界上最重要的就是文字訊息，從行動檢討報告到偵查地圖、公司書記作業皆然。後來喬治亞州和田納西州的民兵部隊與常備陸軍出發前往彭薩科拉，來到人們稱爲阿拉巴馬，美國政府則稱作密西西比領地的鄉間。

由於在蹄鐵灣戰役表現出色，也已屆成年，他轉調第三十九師憲兵組。他們需要像他這種窮白人高個兒。挺進彭薩科拉的行軍路途漫長，他們離開阿拉巴馬州丘陵區，進入磚子苗叢生的鄉間，穿越高至他臀部傷處的蒲葵荒原；猶如馬褲呢的蔓生植物，每一寸皆長滿密密麻麻的青綠荊棘尖刺。軍連樂手全程都以D調反覆吹奏令人無法喘息的錫口笛，演奏《石磨萬物》和《美酒白蘭地》。到了彭薩科拉後，軍隊派他去運送囚犯，這是他最討厭的任務。

他學到各式各樣的訊問技巧和英國戰俘的祕密通訊密碼，學會反手制伏掙扎的囚犯。他學會使用手銬腳鐐，在佛羅里達灣的炙熱沙灘管理監獄。短短幾個月不到，他就成功說服上級，離開憲兵組和指揮官的管理職務，並加入傳訊隊當傳令兵。

他總算做到引發自己熱情的職務，單槍匹馬穿越南方的荒郊野外，親手傳遞信息，舉凡訊息、指令、地圖、報告，無一不送。傑克森的軍隊不像海軍，沒有其他通訊職務。這時基得上尉的身高已逾一百八十公分，擁有傳令兵應具備的肌肉，他的肺活量大，對鄉間也熟門熟路。他來自喬治亞州藍嶺山脈下的鮑爾格朗德，長途快跑是他的嗜好。

當時他把一頭深褐頭髮紮成辮子，沒有比自由自在、行動無阻、單槍匹馬遞送信息到不同單位更讓他開心了，他不用管內容，文字或指令也與他無關。他披戴白色交叉子彈帶，在傑克森田納西常備軍的偏遠地帶跑腿；在幕僚帳篷內向副官敬禮，接過指令，把文件塞進背包後就立刻出發。

傳令工作帶給他一種振奮的快樂，他覺得自己像是一面印著王室徽章的飄揚旗幟，接受重大訊息委託。他獲得一枚銀製傳訊隊徽章，但故意用培根脂肪塗抹徽章，再沾上塵土弄髒，如此當他輕盈地穿山越嶺、通過海岸沙灘和蒲葵時，徽章便不會發出閃閃光芒暴露行蹤。他們給他一把隨身攜帶的燧發機槍，但手槍沉甸甸地，鵝頸扳機老是卡到東西，所以他一向都把彈匣取出，收在背包裡。

他在莫比爾灣的寶治堡躲過大砲和火槍的戰火攻擊，然後折回喬治亞州的戰線，騎著叫作沼澤馬的佛羅里達小馬，再不然就是單憑一雙腳，帶著裝在廉價皮革夾裡的訊息到達坎伯蘭島。他單槍匹馬帶著訊息，穿越喬治亞州和阿拉巴馬州鄉間的指定路線，就這麼過了兩年。有次他累到在偌大空蕩的灰斗裡睡著，灰斗隔壁有間小木屋，醒來後他發現自己身在一個農家庭院，被英國人團團包圍。他只能硬著頭皮待在灰斗裡，等到炎熱正午英國人全離開後才出來。要是被發現，躲在灰斗裡的他肯定會被射殺。

每次回憶起這兩年的經歷，都讓他深感不可思議，彷彿這段人生經歷與任務是命中註定。無論過程有多詭異或不尋常，都是眞實發生在他身上的事。最後任務畫下句點，他也不覺意外，畢竟這工作如此完美，而美好的事物總是稍縱即逝。

當時他想前進西部的西班牙殖民地，偏偏卻得照顧寡母和撫養妹妹。他不是那種未經深思熟慮就草草結婚的男人，曾有兩次都是因爲他考慮太久，最後年輕女孩等不下去，退回他的信，改嫁他人。他在梅肯印刷廠的實習工作結束時，母親已不在人世，兩個妹妹也終於嫁人。墨西哥將軍桑塔・安納轟炸聖安東尼奧，在白楊鎭焚燒崔維斯上校和他的士兵遺體，墨西哥軍隊最終在聖哈辛托戰役慘敗後，他出發前往德州。

第二場戰爭是泰勒總統和墨西哥的戰役。當時傑佛遜・基得已年近半百，落腳聖安東尼奧生活了一陣子，終於在那裡遇到命中那人。他在別名主廣場的小島廣場上開了自己的印刷廠，位於律師布蘭霍姆的摩登建築一樓。他找到重音符號和輕音符號鉛字體，以及上下顚倒的驚嘆號與問號，並開始研究學習西班牙語，如此若有需求，他就能印刷各式通知傳單和大幅報刊，其中不少是印給天主教教區居民的刊物。聖安東尼奧報紙爲他帶來大宗生意，乾草市場和酒館也是主要客戶。

上尉把裝有報紙的公事包裝入馬鞍袋，每當他在德州長途跋涉，總時常深陷有關妻子的回憶。憶起他初次見到瑪莉亞・露伊莎・貝塔恩科特・依雷亞爾時。也因爲這樣，上尉很清楚想像力是很眞實的，往往和你能觸摸到的事物同樣眞實。至於與她熟稔的過程，見面和正式會面卻是兩碼子事。她來自傳統西班牙家庭，初次見面需要正式安排。人類大腦有種與意志力完全分離的重複機制，記憶會帶來茫然若失的狀態，那是一種無法挽回的失落感，雖然他要自己別再去想，卻無奈完全沒用。她在索雷達德路上追逐送牛奶的人和他的鹿皮色馬，送牛奶的人名叫波利卡伯，行經她家門口時沒有停下來，直接路過。「波利！波利！」她跑到一隻鞋都掉了。她擁有灰色眼眸，是陰雨的顏色，還有一頭鬈髮。她家就是大老闆貝塔恩科特家，宅邸座落於索雷達德路和朵洛羅莎路交叉口，哀愁和寂寞的轉角【註】。

上尉步出印刷廠，拉住鹿皮色馬的籠頭。「波利，停下來，」他說，「有位小姐在叫你。」他還是不爭氣地想起她飾帶流蘇上的每顆圓珠，她一手按著他的胳膊平衡身子，一邊

譯註：西班牙文裡「索雷達德」（Soledad）和「朵洛羅莎」（Dolorosa）分指寂寞和哀愁。

扭動著纖細小腳套回鞋子，然後溫熱牛奶便倒入她的牛奶壺。牛奶充滿乳牛氣味，那是卡拉馬利斯小溪乳牛最愛咀嚼的馬鞭草香氣。他想著她的灰色眼眸。

就這樣，他有了妻子和兩個女兒。他喜歡印刷物，覺得向全世界發布消息是再正確不過的事，內容則無關緊要。他有一台活版印刷機，而他的印刷廠有著二百七十公分高窗，可以讓所需要的光線透進室內，照在活字分隔盤、印刷版、排版盒上。美墨戰爭時，即使他年事已高，他們卻還是非要他親自出馬不可。他的任務是協調安排泰勒將軍軍隊的溝通事宜，並且得到一台可讓他印出當日指令的小型手搖印刷機。他從未見過這麼迷你的手搖印刷機。他抄下泰勒將軍的指令，交給德州突襲隊的沃克上尉後，沃克的騎兵就在墨西哥灣岸伊莎貝爾港和格蘭河畔馬塔莫羅斯的陸軍營地間來回奔波。

泰勒將軍軍隊裡的某位副官突然靈機一動，想到一個主意——可以派熱氣球監視阿里斯塔將軍的戰線，並且投下宣傳字條。後來有人指出，對方只消發射一槍，熱氣球就會洩氣，也有人說墨西哥新兵多半不識字。一位陸軍中校終止了這場腦力激盪。永遠別小看美國陸軍的足智多謀。

泰勒任命他爲第二師的名譽上尉，方便他組織信差、爭取到需要的用品——紙張、墨水、馬。他在一八一二年戰爭的貢獻，讓軍階晉級，即使戰爭結束，仍是人人口中的基得上尉。

他在雷薩卡德拉帕爾瑪時，阿里斯塔將軍發射了一枚重達十二磅的砲彈，砸中了他們軍隊的帳篷，將一張距他九十公分的桌子炸成碎屑，半透明的煤燈油點點噴濺於帆布上。一位少校正好站在那裡，頸部被桌子碎片刺穿，他說了「這衣領實在太慫了」便昏厥過去。儘管存活率微乎其微，但他還是活了下來。

當他們衝破阿里斯塔的戰線，他聽見哨兵警戒的通報，接著就看見他們帶著包括墨西哥將軍的銀製餐具、寫字檯和坦皮科營綬帶的戰利品歡呼歸來。少了戰利品，勝戰還有意思嗎？攻得對方毫無招架之力，再奪走他們的物品，就是基本軍事準則。

他和泰勒的軍隊後來到了布耶納維斯塔，亦即蒙特雷上方的高山地帶。他們從格蘭河一路遭受砲火攻擊，對方很可能是墨西哥軍隊狙擊手，也可能是阿帕契人，實在很難分辨。上尉獲得一把斯普林菲爾德一八三〇型燧發槍，而他就是玩這類槍長大的，已經熟到不能再熟。他倒臥在馬車車斗，對著硝煙發射，希望至少矇中一個躲藏某處的狙擊兵。當時是一八四七年二月中，在墨西哥城鎮外圍山區凝止不動的稀薄空氣裡，營火煙霧冉冉上升。年輕小伙子們想聽蹄鐵灣戰役的故事，他們想知道究竟是自己，或是前輩比較英勇，想知道自己是否合格，他們的經歷是否一樣辛苦，敵人是否一樣狡詐勇猛。

德州突襲隊懶洋洋地倚在彈藥箱上聆聽，他們都是很有個性的年輕人，十足血氣方剛，明顯天不怕地不怕。墨西哥人痛恨他們，稱他們為「邊防警衛」；但要是他們能召集到同樣技高人膽大、獨立行動的騎兵聯隊，也會這麼做，偏偏他們沒有，事情就是這麼簡單。

上尉從未遇過像這樣禮貌聆聽一個老傢伙說話的士兵或單位，於是在這個星辰高掛天空的冷冽夜晚，他毫不藏私地侃侃而談自己所知的一切，或是單純分享自己想說的故事。「克里克和喬克托印第安人用的是滑膛槍。」他說。上尉講到他的喬治亞民兵連自行攜帶步槍，用的是米尼式子彈，又講到他們前往彭薩科拉路上馬車輪轂深陷沙子的悲劇，講到他的上尉在戰役第二天就掛了的故事，他在隊友掩護下，千辛萬苦地爬出去把上尉救回來，可是最後上尉還是死了。接著他話鋒一轉，提到傑克森是勇敢無畏的男子漢，戰場上他簡直是喪失理智。沒人敢提出的問題懸在半空中：你有受傷嗎？

「有，我臀部中彈，」他說，「但沒擊中骨頭，我是後來才發現自己中彈。紅棍已經耗盡彈藥，所以最後用滑膛槍，拿到什麼就射什麼，我想我應該是被一根湯匙打中。」

他稍作停頓。炙熱火焰讓他褲子的膝蓋處冒著熱氣，他的雙手沾染墨水。當時他攜帶的是一把全新的柯特單動式陸軍左輪手槍，這把槍沉甸甸地掛在腰帶上。突襲隊員們抽著菸，在帽子黑影底下靜靜等待。他們還很年輕，鬍子仍如絲緞般滑順，但是當你認真端詳他們的面孔，就會發覺他們似乎刻意讓自己顯得老成。

他們等待的是智慧話語，某種忠告。

「你們可能中彈了都不自知，」他說，「身旁的人也可能沒有察覺，所以請好好照應彼此。」

他們頷首，咀嚼著這句話的深意。他們思索著，現在他們身處陌生國度，對抗陌生的軍隊，這個軍隊拘謹地遵從正式歐洲規矩，赤腳的麥士蒂索列兵仍得圍上領巾。他們碰到的對手可是馬里亞諾・阿里斯塔將軍，與總參謀部不合、頑固的共和主義者。事實上，食古不化的貴族和打著自由理論的將軍，已將墨西哥陸軍撕裂成諸多派系。

事後，夜幕低垂時他獨自一人，豆科灌木柴火徐徐熄滅，想到當初他覺得應該由自己扛下發布有趣事實的任務，不，應該是情報報告，以及從一般媒體蒐集而來，例如墨西哥軍隊高層如火如荼鬥爭的關鍵事實。倘若人們對世界具有實際的認識，或許就不會高舉武器，如此，或許他可以蒐集統整遙遠地帶的情報訊息，讓世界變得更爲祥和。對於這件事，他向來都是絕對認眞的，這個夢想從四十九歲堅持到六十五歲。

後來他又赫然發現，人們眞正需要的不僅是訊息情報，而是來自遙遠國度的神祕寓言，被包裝成嚴肅訊息的寓言。而他就像傳令兵，圍上他沾染污漬的印刷工作圍裙，將消息傳遞給大家，在那一瞬間，聆聽故事的人會飄進一個好比有療效溫泉水的療癒空間。

第四章

她一邊在馬車旁走著，一邊哼歌：「*Ausay gya kii, gyao boi tol.*」為凜冬做好準備，為艱苦做足準備。她光腳走在馬兒身側，小腳丫底部僵硬如木。和所有不穿鞋的人一樣，她的大拇趾也長得直挺挺。「*Ausay gya kii.*」她唱著。

就她所知，自己正逐步邁進災難，進入一個衰敗饑荒的國度。在起伏綿延的山脈四周，舉目不見水牛，也沒有啼囀的墨西哥鵪鶉。這塊大地沒有凱奧瓦人，沒有爸爸媽媽。她孑然一身被困在這身奇裝異服裡——以布料製成、腰部束緊的藍黃條紋連身裙裡，她們還用繫帶給她精心綁上一樣她認爲只可能用於施展魔法的工具，用意是像牢籠般限制住她的心臟和呼吸，就像一顆永遠不會鬆開的緊握拳頭，讓她永世不得掙脫。

她一隻手擺在馬車轅桿上，邊走邊哼歌，唱歌總比大哭好吧。這片大地到處都是紅河山谷裡最常見的橡木，短小扭曲，雨水淋得樹枝黑漆漆。橡樹兩旁的土壤翻鬆，像是在掙脫城鎮的禁錮，它們癱倒在城鎮的模樣令人百思不解。她綁起鞋帶，把鞋子掛在後頸，漫步在濡濕樹葉的地毯上。她將會發現他們要前往的地點，接下來的選擇不是逃跑，就是餓死自己。

要她形單影隻地身處異地，還不如一死，這些人會殺了你，也殺了你最親近的人。事務官說她會回到自己家人身邊，而她也認爲他不是在開玩笑。

上尉坐在馬車駕駛座上，翻起豎高的大衣領子，舊寬邊帽沿低低壓在前額。樹枝彎曲的星毛櫟林裡，毛毛細雨紛飛飄落，樹林裡找不到一段超過十五公分的筆直樹枝；道路沿著紅河南岸的高低山丘起起伏伏。他的栗色鞍馬帕夏被綁在馬車後端的環形螺栓上，牠背上沒有乘客，踩著從容愉快的步伐。馱馬芬西則在轅桿中央，心灰意懶地接受挽具束縛，算是漸漸習慣了。牠渴望的視線從雙線道路的這側飄向另一端的青草地，二月底草地正開始綠意盎然。他們的左手邊是紅河，那是條磚紅色的寬廣河川。他停下馬車。

他朝小女孩招手。她站在馱馬旁，手握住挽具，凝望著他，卻不打算靠近。

「妳看。」他拔出史密斯威森手槍，喀嚓彈開彈匣，輕輕拍出裝藥給她看，接著一個反手又裝好彈匣，然後說：「這是爲了以防萬一。」他戲劇化地掃視四周，做出防備的假動作，槍指向樹木，嘴裡發出開槍聲，再刻意用誇大的動作把槍擱在左側車底板上。

她一動也不動地杵在那裡，只有眼珠子轉動。

「至於這個呢……」他說，掏出老式霰彈槍，將手探入馬車置物箱，撈出一枚霰彈：「要是遭人攻擊，即使這些完全不合格的鳥彈沒啥作用，至少能發出嚇人的轟然巨響。」小女孩原本小心翼翼地凝視著，面露疑惑，但他一舉起霰彈槍，她臉上的疑惑便蕩然無存。上尉向來慣用左手握持霰彈槍和左輪手槍，他將霰彈槍槍口指向各個方位，對著槍管瞇起他的深沉鷹眼。

他把東西全部收好，沒對她露出善意笑容，他已學到教訓。她猶如一片落葉定在那裡，高䠷瘦長的他坐在駕駛座上，到她生硬點頭前都鎮定地注視著她。看來她雖然明白，卻不太甘願承認遇險時他們是站在同一陣線的。

他們繼續前進。他思忖著她怪裡怪氣的模樣。這小女孩究竟是哪裡讓人覺得詭異？她完全沒有白人天生的神情舉止。白人的臉孔表情生動、神色坦然，很放鬆，兩手會自然擺動，身體會斜倚在各種東西上，也會搖頭擺首、晃動帽子。而她完全的靜默，給人一種似乎並不存在的詭異感；她擁有所有他見過的印第安人都有的動態沉穩，可是她只是十歲小女孩，有著絲緞般的深金髮、藍眼珠和滿臉雀斑。

「妳……」他手指著她。

她輕微側身閃躲，披散的餅乾色頭髮彷如波浪般飄蕩。凱奧瓦人從不會用手指指著別人，絕對不會。他們只會用槍管指著他人，或用巫師法杖指著敵人、召喚邪靈附身對方。可是上尉不可能知道這種事。

「妳，喬——韓——娜，」他說，「妳叫喬韓娜。」

她上半身稍微前傾，彷彿這樣有助她理解。她緊緊捉著花毛母馬的背帶，在這場人生巨變裡，馬兒的濃郁氣味和溫暖身體是她唯一熟悉的事物。

「上尉。」他指向自己。

她像螃蟹般橫著走，好繼續盯著他。過了一會兒她才想通，指人的動作可能一點也不危險，他不可能召喚邪靈附自己的身，肯定不會。

他又試了一次。右手握著轡繩安靜地坐著，左手指向她。「喬韓娜。」他耐著性子說，然後做了一個鼓勵般的手勢，等待她反應。

她的手鬆開背帶，直挺挺地站著，向前伸出雙臂，打開手掌。他拉住花毛色小母馬。喬韓娜在召喚她的守護神，守護神當初要她務必帶著兩團蓬蓬絨毛髮飾，並別著金鷹翅膀羽毛，象徵祂會永遠陪伴她左右。雖然那些人已經拔掉她的頭飾拋出窗外，但守護神可能還聽得見她的聲音。這老傢伙想要她唸出施了魔法的名字，不過可能無害。

她說：「焦哈那。」說話的同時露出下排白齒。

他指向自己：「上尉。」

「沙尉。」她說。

他再指向她。

那一瞬間，她害怕地僵直身子，但很快又鼓起勇氣，說：「焦哈那。」

然後他又指指自己。

她說：「沙尉。」

「非常好，我們繼續走吧。」

□

他們來到小威奇托河上游距與紅河交會的地方一點六公里處，用跑的渡河。上尉一把抱起喬韓娜，放上馬車車斗，然後鬆開帕夏的拴繩，讓牠奔馳。他找到了野營刀——是把屠刀——收進刀鞘後再塞進腰帶，以備在割斷芬西的挽具時使用。他們小跑步衝過渡口前四百公尺，奔馳進入河水。喬韓娜牢牢地捉住長椅，河水浪花潑濺在「東德州療癒礦物溫泉水」的金色字樣上。水流讓他們舉步維艱，他們放慢步調，不消多久，湍急流水也讓小母馬和他們的馬車動彈不得；烏鴉發出尖銳啼叫，竄出遙遠河岸。他們身周噴濺出泡沫，湍急河水表面的漂流物和腐爛落葉蜿蜒流過，在那短暫的一瞬間，馬車也浮了起來，花毛色母馬噴著重重鼻息，在河裡載浮載沉，馬蹄重踩著急流持續前進，最後終於踏到硬實底部。他們爬上遙遠一端的河岸，身上的水猶如小溪般淌下。帕夏是匹勇猛不懈的駿馬，牠毫不猶豫地跟著他們跳入河裡，奮力划行，並在下流幾碼處以勝利姿態，昂仰著頭上岸。牠甩乾身上的水，水花被牠噴灑成一輪光環，然後小跑步和他們會合，接著被重新綁上馬車。就在他們繼續前進時，上尉偏頭聆聽穩定發出的嘎嘎聲響，最後爬下駕駛座檢查前輪，發現鐵製車輪上出現一道裂縫，但現在他無能爲力，或許西班牙堡會有鐵匠。

□

當晚，上尉向她展示了和馬車一同購入的薄鐵板爐灶。這種爐灶的煙霧不若營火猖狂，爐子尺寸和大型火藥箱一樣，還附了約六十公分的小煙囪，如此煙霧就不會朝他們的臉直撲而來。他放下後擋板，拍了拍放置爐灶的地方，爐灶長得方正烏黑，模樣讓人覺得可怕。

她完全不曉得這是幹嘛用的。

「爐灶，」他說，「火。」開始接起煙囪管子。

她穿著藍黃相間的連身裙，赤腳佇立於爐灶前，太妃糖色的亮澤頭髮如瀑布般在背後流瀉而下，這時正下著毛毛雨，她的頭髮略微濡濕。她的右手臂在胸前迅速垂下，然後做出一個動作，像一朵花綻放，朝上彈著硬指甲和長繭手指。

「啊。」上尉說。手語。這是火的手語。他稍微能看懂大平原印第安人的手語，於是用手語回答：「沒錯。」

這還挺振奮人心的，雖然交流有限，但至少他們還能溝通。

他向她示範爐灶的使用方法。這個爐灶有個手掌大小的頂蓋，還有轉盤。他在一株矮短、歪曲的星毛櫟和馬車側面間紮起馬車側簾，撐出一個足以遮蔽細雨的空間。她仔細觀察他的一舉一動，或許出於害怕，又或許知道她得學會操作這些東西。

馬兒對沉甸甸的飼料用玉米粒心滿意足，這是牠們獲得的獎勵。小女孩站在小母馬身旁，一隻手撫摸著牠的腿，憐憫地發出微弱聲音。小母馬年輕力壯，右前腳卻稍微變形，馬蹄朝內彎了幾度，但也正因如此，上尉才得以低價購入這匹馬。小女孩一眼就發現牠的殘缺，溫柔地輕拍牠；牠和帕夏並肩而立，咬碎玉米，發出像手搖磨豆機的聲音。

上尉在叢生高聳的旱葉草之間找到乾樹枝，然後從大衣內袋裡撈出銀製火柴盒，仔細放慢每個動作，接著開始生火。喬韓娜戒備地看著他，滿臉寫著不信任。她朝小爐灶彎下腰，凝望著爐柵，發現空氣全被吸了進去，樹枝燃燒得更加猛烈。她小心翼翼輕拍了下爐灶頂端，接著馬上縮回手。

「*Pi tso ha!*」

「對。」他說，也不管她這句話是什麼意思。「應該很燙沒錯。」

他煮好咖啡、玉米餅和香煎培根。喬韓娜坐在帆布側簾下，雙手捧著食物，久久沒有開動；許久後才開始對食物吟唱，像在膜拜美食，彷彿培根是活生生的人物，熱氣騰騰的玉米餅則是印第安穀物女神的贈禮。他們沒有營火，不會投映出影子，但天空掛著弦月，月亮彷彿在反覆聚攏又飄散的雲朵間倒退。

上尉用玉米麵包抹淨餐盤上殘餘的醬汁。她很可能逃走，不過話說回來，她也無處可逃。凱奧瓦人在河對岸，河水則寬約八百公尺，攪打著泡沫的鐵鏽色急流形同汪洋，一整棵樹都沖得走。她也很可能神不知鬼不覺地摸走左輪手槍或霰彈槍，讓他在另一個世界醒來。

上尉仰躺在被翻成背面的老舊西班牙馬鞍上，頭枕著鋪絨內襯。他取出《芝加哥論壇報》，就著燭光翻頁閱讀。她裹著叫作墨西哥斗篷、有著紅黑菱形圖案的厚實披肩，湛藍空洞的雙眼睜得老大，緊緊盯著他。

他唰啦唰啦地翻著報紙，說：「芝加哥有間新開張的大型屠宰加工廠。很不可思議，對吧？他們在工廠的一頭餵養小牛，到了工廠另一頭，小牛就變成肉罐頭了。」

她的雙眼半秒鐘都沒離開他，他知道她正準備出手攻擊。基得上尉老歸老，但這些年來也累積了不少戰爭經驗。最後他對她微笑，取下叼在嘴裡的菸斗。他這老骨頭最清楚不過了，對主張發揮人道精神的男人來說，保護小孩最是要緊，若有必要，甚至不惜爲孩子砍砍殺殺；而對有女兒的人來說，這點更是再重要不過，而他本來還以爲自己不會再養女兒。至於保護這野孩子，理論上他當然舉雙手自願，卻又忍不住心想，要是有人能頂替自己，就眞的太好了。

「妳眞的是個超級大麻煩，」他說，「等妳終於和親戚大團圓，讓他們過著生不如死的生活時，我們兩人都會皆大歡喜。」

她維持著面無表情，緩緩用衣袖抹了下鼻子。

他翻頁，說：「這是文字。這是印刷刊物，印刷刊物會告訴妳這世界正在發生、該要知道的事。我們該要有求知欲。」他瞥了她一眼，說：「世界上有叫作英格蘭、歐洲、印——度——的地方。」他的鼻孔噴出煙；他其實不該抽菸，畢竟菸味可能飄至幾公里外。

「印——度——」她低聲呢喃，指尖一根根縮起。

他仰躺在毛毯裡，爲旅途總是驚險萬分的布里特禱告。爲了他女兒、女婿和外孫的安全祈禱，也許他們很快就會在他的要求下，踏上離開喬治亞州的漫長驚險之旅，很可能還要跨越密西西比。也爲了可能身陷危險的他和喬韓娜祈求旅途平安。

有這麼多人要上路，旅途卻危機四伏。

他用帽子蓋住臉，沒多久便進入夢鄉。

第五章

翌日，他們出發前往西班牙堡。道路沿著壯闊紅河谷的南方邊緣蜿蜒，往南一點六公里後便是隆起的高地和峭壁，久遠以前河水曾在這裡將陸地一分爲二。幾個世紀以來，這條河水宛如紅色巨蛇，從河谷一側蜿蜒至另一側。雨暫時停了。

上尉很不滿她堅持走路，但她說什麼就是不肯騎馬，也不願穿鞋。她痴望著河水，內心很清楚河水彼端就是印第安領地，她的母親在那裡，父親在那裡，或許兄弟姊妹、部落的所有親人，甚至可能和她有媒妁之緣的男孩，都在那裡。烏黑的櫟樹樹幹彎曲結實，彷如壁爐刷，最適合用來埋伏。他眞希望自己有隻狗，早知道就向誰買了。

她停下腳步，舉起一隻手，望向前方。

上尉用力拉了下手裡的長韁繩，芬西停下步伐。帕夏在他們背後往前豎直雙耳，倏然發出一聲響徹雲霄的悠長嘶吼。

基得上尉掏出左輪手槍，再次檢查子彈。沒有子彈。他把槍放在馬車左側座椅旁的車底板，再用帆布包裹的培根豬肋條蓋住槍，他默默提醒自己麵粉木桶裡還有點三八子彈。

過了半晌，他聽見約莫十匹馬的蹄聲，還有馬銜和馬鞍裝備發出的響亮叮噹聲。馬蹄咯噠咯噠踩著石子路，道路對面四百公尺處冒出一批美國騎馬步兵團。

他跳下馬車，捉住小女孩前臂，對她比了個「沒事」的手勢。在這茂密星毛櫟樹林裡罕見的平坦筆直道路上，一組身穿藍色閃亮拋光皮衣褲的士兵，像是鬼魅般從樹林間現形，朝他和喬韓娜邁進。他把她轉過來面對自己，做出「朋友」的手勢。她的臉色白得像麵糰，嘴唇不禁顫抖。上尉帶喬韓娜來到馬車車輪前，然後抬起她，她一隻沒穿鞋的腳踩住輪輻，一躍而上馬車車斗，然後撲通陷進蓬裙和一頭散髮裡，再順手拉起厚重羊毛斗篷蓋住頭，他跟在她後頭爬上馬車，坐上駕駛座，然後解開綁在駕駛桿的韁繩。

「不會有事的，喬韓娜。喬韓娜？」

上尉知道喬韓娜以爲他要把她交給軍隊，這可能是事先約好的會面。

走在最前頭的男人是中尉，他肩頭上的兩槓佩章在微光裡隱隱閃現。這組人馬只是普通的巡邏隊，在紅河南岸來回巡視，巡查是否有橫渡河水的突襲人士，但照這急流的態勢判斷，可能性並不高。他們的槍套裡全配備五個彈匣、大小彷如豬肉火腿的方形握柄海軍柯特左輪手槍，以及同樣是蠻荒西部制式裝備的點五六口徑柯特卡賓槍。

中尉喝令巡邏縱隊停下腳步，坐在馬背上的他左搖右晃，說：「早安。」他身後的十個人藉此機會伸展踩在馬鐙上的腳，放鬆膝蓋，甚至有人打開水壺喝水。他們背後的馱騾對著上尉的馬發出火車鳴笛般悠長的癲狂嘶叫。

「早安。」上尉回道。

中尉望向上尉的馬車，瞥見他背後有個小女孩坐在馬車車斗底板，神情寫滿僵硬的忐忑害怕，甚至驚恐。她盡可能挪向上尉的左輪手槍，手悄悄滑入培根豬肋條底下，摸到藏在裡面的槍托。赤紅色墨西哥羊毛披肩遮住了她的手和胳臂。

「這小女孩似乎受到不少驚嚇。」中尉說，聲音充滿驚訝和懷疑。

「她是俘虜，」上尉說，「我正要送她回貝克薩爾郡卡斯特羅維爾的親人身邊。」他遞出事務官託付的文件。

「讓我看一下她。」中尉瀏覽文件，事務官的字跡十分整齊漂亮，他一讀就懂了。他瀏覽關於女孩的描述、大致的身高和容貌。接著中尉抬起頭，雨珠使得他肩上的橫槓閃閃爍爍。左側河水發出如雷般、無止盡地轟隆聲響，他們透過樹林縫隙便可瞥見河川。

「好，我試試。」上尉說。他將帽子更穩地壓在頭頂，走到馬車座位後方，然後捉住並掀開她頭頂的厚重紅色羊毛斗篷。

「喬韓娜，」他說，「喬韓娜。」他拍拍她的肩膀。

「哇，她怎麼了？」小女孩漠然狂傲的神色嚇了中尉一大跳。「回家有這麼不開心嗎？」

上尉站立在喬韓娜和中尉間，說：「她在六歲那年被擄走，所以現在她自認是凱奧瓦人。」

「原來如此。好吧，我希望你好好向她說明原委。」他欠身張望上尉周遭，然後若有所思地打量她，之後彎腰將文件還給上尉，說：「你是讀報人。」

「是，我是。」

「你在貝克那堡讀報時我有去。」

「承蒙你的照顧。」

「我猜你沒有隨身攜帶可以讓我過目的效忠宣誓證明吧？」

「不，我沒帶。」

「由於你是公職在身，所以必須隨身攜帶。不管是以哪種形式自願協助聯邦軍，都要帶著一份合格的效忠宣誓證明。」

「我現在沒帶。」

「你兒子有參戰嗎？」

「我沒有兒子。」

「那你帶了武器嗎？」

「我只有一把十二鉛徑的霰彈槍。」

「可以借來看看嗎？」

基得上尉抽出老霰彈槍，打開槍栓，霰彈彈出時他接個正著。這是鳥彈。他站在馬車車斗，把槍遞給中尉。喬韓娜幾乎全身都要陷入馬車座椅，重新拉上厚重的紅色羊毛墨西哥毯悶住頭部。她將左輪手槍移向靠近自己的位置，眼睛盯著馬車車底板，仔細聆聽這兩人語氣的細微變化、每一個抑揚頓挫。很明顯，上尉不打算讓他們帶走她，這個軍人的聲音原本強硬，這會兒聲音卻轉爲鬆懈，變得比較健談。

「這種槍要裝哪種子彈？」中尉問。

「七號鳥彈。」

「鳥彈殺傷力不強，我想應該不會有問題。」中尉遞回槍。「你沒有攜帶步槍或手槍？」

「當然沒有。」上尉說，把霰彈槍扔回馬車車斗，「誰教我可能半途碰到科曼契人，他們會奪走槍，」上尉取出菸草，塡塞菸斗，「然後用槍射殺我。」他劃亮一根火柴。

金玉其外敗絮其中的德州重建時期政府，制定不許攜帶手槍的愚昧法律，即使在這種邊境地帶，都禁止攜槍，不過向中尉提這些事也無濟於事。

喬韓娜發現上尉的聲音變得激動，對軍人說出很無禮的話。她雙眼圓瞪。

「是啊，還眞好笑。」中尉說，眼睛一一掃向馬車車斗上的物品：糧食、毯子、小鐵爐、報紙公事包、一袋玉米粉、裝有一角等硬幣的袋子、裝著紙殼和鳥彈的霰彈槍盒、一小桶麵粉。中尉瞄到左側馬車座位旁的培根豬肋條，然後盯著麵粉木桶問：「那裡面裝什麼？」

「麵粉。」

「很好，我也不知道他們是否很快就會廢止那項法律，我知道人們需要可以自衛的隨身武器。」

「他們當然不會。」上尉答道。

中尉對他的回應充耳不聞。「你說你要去哪裡？」

「威福德，達拉斯，然後往南進入卡斯特羅維爾和聖安東尼奧。」

「很好。旅程漫長，祝你有美好的一天，先生。旅途平安。」

□

「狗娘養的！」他說，「喬韓娜，妳可以出來了，像五月花朵一樣綻放。他們不會給妳上腳鐐，也不會把妳丟進牢房的。」他抽著菸斗，扯了下韁繩。菸斗以高嶺土雕成男人頭形狀，煙霧文風不動地滯留在潮濕的空氣中，在他們前進的同時，煙霧也凝結在他們身後的半空中。「喬韓娜？」

他聽見背後傳來一聲：「沙尉。」

「別在我背後亮出刀子，也別讓我聽見左輪手槍擊錘待發的可怕喀噠聲。讓我們盡力穿越這塊領地吧。」

「沙尉！」

她動作輕巧地翻過駕駛座後背，坐到他身旁，手握著左輪手槍，擺在兩膝中間。她比出幾個手語，但上尉只看得懂「很好」，再來是「釋放」或「自由」等諸如此類的意思。這是他第一次看見她的笑臉，卻沒看到「謝謝」的手語，這是因爲凱奧瓦語裡沒有「謝謝」這兩個字。人們眞該學會知恩圖報，你明知自己做了好事，而且是値得讚美的好事，照理說不用刻意強調，對方就該知道吧。凱奧瓦語是一種抑揚頓挫的語言，音調會隨著複合動詞起伏。

他們剛遇上的這幫人，穿著相同的藍色大衣外套和褲裝，一模一樣到不自然的地步，腿上還掛著長如豬腿的巨大軍隊左輪手槍，他從這些人手裡解救了她，她的凱奧瓦語的抑揚頓挫應該足以表達感謝之情。畢竟他可是正面迎戰對方，救了她一命。她的頭一偏，圓滾滾的小臉蛋上，一對亮晶晶的眼睛注視著他。

「對，釋放，」他說，「妳自由了。」他小心謹慎地從她手裡接過點三八手槍，按下保險裝置，然後放回座位左側，再用豬肋條蓋好。她知道怎麼打開保險裝置，他心想，再拋給她一個像是僵硬鬼臉的微笑。

她手忙腳亂地壓下長布料製成的彎扭裙子，坐回位子，對著濕漉漉的墨色紅河河谷露出一抹淺笑，但其實較像是挑了下粉霧金色眉毛，而不是微笑。她用凱奧瓦語開懷地說了些什麼：「我的名字是*Ay-ti-Podle*，意思是小蟬，只要一歌唱，就表示附近的水果熟了。」她手指向身後那匹壯碩的栗色鞍馬，然後頭部往後一甩，像是要帕夏一起享受她新發現的快樂。

「啊，焦——哈那。」他說，轉頭望著她。要是剛剛中尉伸手碰她，她無庸置疑絕對會扳起左輪手槍的扳機，近距離朝他開槍。

他說：「妳的親戚能收回他們可愛的寶貝小羊，肯定會高興得不得了。」

「沙——尉！」她爽朗地朝他呼喊，拍了下他瘦巴巴的手。

「焦——哈那。」他說。

□

西班牙堡座落於河川大彎內側一點六公里處。紅河是印第安領地的邊界，卻不屬於印第安領地。他們已經穿越陡峭矮山丘林立、草木叢生的鄉間，佇立山丘的石塊猶如紀念碑，也很像堵牆。他們繼續前進西班牙堡，以步行速率經過這些石頭時，彷彿遙望遠方的城堡般瞅著它們。三月的北方天空颳起一陣自平原襲捲而來的暴風雨。

他們在傍晚抵達西班牙堡小鎮，這個地方也叫作紅河站，擁有兩個名字讓這座小鎮分身乏術。曾幾何時，這裡有城牆堡壘，可能是西班牙人蓋的，也可能不是，無論如何，防禦建物皆已不復在。上尉拉緊韁繩，閃過其他車輛。喬韓娜原本坐在後面，躲在一大團墨西哥製斗篷裡，她緊緊用斗篷裹住自己，把自己變成一個亮紅黑色的石灰窯。

轅桿在上尉腳下迴轉、卡住第五輪時，他們的短途輕馬車發出尖銳噪音。他們暫時將輪子綁上四輪貨運馬車，貨運馬車的駕駛、上尉及幾個路人，費盡工夫才將輪子往後退，成功脫困。綁著韁繩的帕夏朝頹然坐倒，幸好沒把繩索弄壞。這時上尉膝蓋以下的部位都沾滿了紅泥，他繫有鞋帶的舊靴也裹了一層泥濘。小鎮街道瀰漫層層疊疊的柴火炊煙，家家戶戶都正在準備晚餐。

他轉過頭，抬眼望向二樓建築，依他判斷，屋裡的人正在爭執，對著強風甩上窗戶。騎著馬的士兵兩兩成對行進，猛烈勁風從西北方撲襲而來，吹飛人們頭頂上的帽子、撕扯著曬衣繩。小鎮的喧囂啃噬著上尉的心神，令他心煩意亂；對她來說又會是什麼感覺呢？他轉身拍拍她的背，在厚實紅色羊毛上發出輕柔的砰砰聲。她的目光瞥向他，臉上露出害怕神情。

小鎮的遙遠邊陲有座被當作停靠站的大型車棚，各式各樣想像得到的四輪運輸工具都停在那裡，擠得水洩不通。美國騎兵團營地就在不遠處，於是他將馬車駛入小鎮外圍的濃密大果櫟林裡，在那裡搭起高高的頂篷，再撐起一塊側簾，最後搭好另一塊側簾當作後擋板的頂篷。他爲芬西繫上鈴鐺，用繩子縛住牠和帕夏的腳，放牠們自由吃草。上尉杵在那裡一會兒，讚賞地望著帕夏微彎厚實的頸部和銅鈴大眼，這匹馬的個性既溫馴又冷靜。他依然記得在達拉斯時，自己是怎麼從二十四待售馬兒裡相中帕夏的，當下他立刻撇過頭，因爲要是馬商看見他的表情，肯定會喊出一百美元的天價。

上尉總算離開，搬出麵粉木桶，取出裝有點三八手槍子彈的彈盒，收在座椅下方。

「一切都沒問題。」他拍掉手上的麵粉，對喬韓娜說，「親愛的，幫我個忙，給爐灶生個火。去吧。」

「好，沙——尉，好的好的。」

她在大果櫟樹下衝刺，光著腳收集柴火。這時頭頂劈開一道閃電，發出大砲般的轟隆巨響，令人睜不開雙眼的光火神經元竄往天空每個角落。西班牙堡充斥著四輪貨運馬車和補給站，城鎮外頭，長角牛群兜來轉去等著通行，男人們焦慮不安地在帆布下討論洪水何時平息，他們得趁牛群吃完河岸這側的青草並挨餓之前，想辦法渡過紅河。

第六章

基得上尉趁她將樹枝塞進猶如玩具的鑄鐵爐時，捉緊帽沿折返小鎮。他找到共濟會的負責人，安排當晚租用場地，接下來在小鎮四處奔走，張貼節目傳單。要不是要照顧小女孩，他也不至於淪落到睡馬車，大可租一間備有煤油燈和窗簾的房間，好好泡個澡，到餐廳用餐。誰知道要是給她一個晚餐餐盤，她會做何反應。迷濛光霧之中，他用四個大頭釘牢實釘好每一張廣告單。他很久以前就學到教訓，要是不用四枚大頭釘，傳單就會被風吹走，最後肯定會被撿到的人拿來充當購物清單紙條或是另作他用。

基得碰巧遇見一個他認識的小提琴家。西蒙．波德林坐在女帽店兼肉鋪的玻璃櫥窗內，下巴撐在拳頭上，另一隻臂膀攬著小提琴，像極了櫥窗展示品。他正觀望著熙來攘往的人潮。西蒙個頭不高，卻給人一百八十公分的錯覺。他有著寬大直挺的肩膀及窄小臀形，厚髮像是不聽使喚的褐色芒刺，在頭頂形成一輪頭冠光環，臉上雀斑猶如珠雞蛋。西蒙舉起小提琴弓，手指輕敲玻璃。看見他之後，基得上尉步入店內。

「西蒙。」

「上尉。」

「你今晚要表演嗎？因爲我會讀報。」

「在哪裡？」

「共濟會。」

上尉一屁股往櫥窗前的另一張空椅坐下，將大頭釘、鐵鎚和那綑廣告傳單擱置在地上，接著用袖子抹掉寬邊帽上的水。

「不用，我今晚沒事，」西蒙說，「我已經表演過了，沒有事。」他露出笑容。西蒙的左下頷斷了兩顆牙，不過看不太出來，除非他微笑，嘴巴兩側才像深深的圓括號般框出重點。他偶爾也幫車輪工做事，有次他們在鑿切輪框時，車床滾落輪子，不偏不倚砸中他的下頷。「你怎麼會來這裡？」若非有話要說，西蒙可是惜字如金，然而一旦別人有話要說，他通常會洗耳恭聽，像隻山雀般偏著頭，就像他現在這樣。雨滴自櫥窗玻璃滑落，發出閃閃亮光，人們垂著頭，步履搖擺，行經櫥窗玻璃前。

「我打算前往達拉斯，接著往南。」上尉說，「我是一路從威奇托福爾斯過來的。」

「那你成功渡過小威奇托囉。」

「是啊，我想布里特・強森和他的同夥也過河了，但他們直接往南。所以你今晚沒事？」

西蒙搖頭：「我剛幫沃斯堡舞蹈學校的老師伴奏，他們在後面有間舞蹈學校，就在這裡。」他琴弓一揮，指出方位。「本來要幫他們進行吉他伴奏的傢伙，在教堂鋼琴上幫吉他調音，可是他調高一個八度，結果吉他弦全斷了。」西蒙低頭大笑，「啪啪啪，一根接著一根斷光光，他怎麼會不知道如何調音。」他的手往臉部一抹，努力克制不要對吉他手的慘劇幸災樂禍。「好啦，講眞的，我自己也幹過一次這種蠢事，不過是很久以前的事了。所以呢！他們才把我從車輪工那裡挖過去幫他們伴奏。就是這麼一回事。」他撥掉黏在褲管上的一塊捲曲刨屑。

「這樣啊，那你聽我說。」基得上尉換了下站姿，此時不禁思忖喬韓娜可能早已潛逃，遁入森林了。他凝視著自己的靴子和褲子，小腿肚沾黏著泥土。幾個女人正在購買絞肉，一個男人把肉丟進具有大型噴嘴的絞肉機，攪打成紅色肉泥。商店另一端，有個女孩正在和朋友試戴帽子。商店後方傳出其他女孩的嘹亮聲音和年輕男子時而高亢的低沉嗓音，之後提著舞鞋蜂擁而出，上尉摘帽向他們打招呼。「聽著。」他說，在腦袋裡拚命搜尋能夠解釋情況的詞彙。

「你說，我在聽。」小提琴家說。他輕拍擱在地板上、立在兩腳之間的弓頭，腦海裡響起某首歌曲的旋律。

「現在有個狀況，我要送一個被凱奧瓦人捉去當俘虜的女孩回到家人身邊，她老家位在聖安東尼奧以南，目前她人就在馬廄後面的大果櫟樹林裡，在我的馬車裡幫我煮飯。」

玻璃窗上爬滿雨水，西蒙眺望窗外川流不息的車輛，以及新搭好的木板路上腳步匆促的男男女女。

「你眞愛說笑。」他說，「這一趟路要六百四十公里耶。」

「不，我是說眞的。」

「她幾歲？」

「十歲。可是西蒙，就我觀察，她似乎很熟悉戰爭打鬥場合。」

西蒙凝望一名行經他面前的牛仔，雨勢逐漸增強，牛仔的帽子也更加歪斜，靴子閃耀著雨水。

小提琴手頷首，說：「凱奧瓦人常年打仗啊。」

「那不重要，重點是她現在已不再有白人的習慣和樣子，我讀報時需要有人幫我看著她，要是你和你的親密好友狄倫小姐願意在我讀報時過來坐坐，陪在她身邊，就眞是幫了我一個大忙。我怕要是獨留她一人，她會飛也似地逃走。」

西蒙像是一根動梁般微微點頭，思考了片刻。

「她想回到凱奧瓦人身邊嗎？」他說。

「顯然是的。」

「我也認識一個這樣的人，」西蒙說，「一頭金髮，他們叫他凱奧瓦荷佬，沒人曉得他是在哪裡或是何時被凱奧瓦人捉走的，連他自己都不記得。他被帶到貝克那堡時，我正好在幫當地舞團演奏。後來他從護送他的軍人身邊偷偷溜走，至今依舊下落不明。」

「我好像也聽說過這號人物。」上尉說，手指敲打著膝蓋，「你知道，他們的想法完全變了，實在很嚇人。不過既然我已經接下這個任務，說什麼都得想辦法送她回去。」

西蒙舉起他的小提琴，手指滑過弓弦。細木工作讓他的指頭長滿堅硬粗繭，他的粗鈍指尖在琴弦上跳躍，接著旋律浮現，是《維吉尼亞・貝爾》。她離開，傷透我們的心，可愛的維吉尼亞・貝爾。接著他停下來，說：「抱歉，我實在忍不住。好啊，可以，我去找朵莉絲。」他坐在那裡半晌，思索朵莉絲可能在哪？大概正在照顧一位生病發燒、名叫艾佛蕾斯頓的女士吧。他抵擋不住襲來的倦意，舉起小提琴的背部摀住呵欠，很像不拉小提琴的人用手擋住呵欠的動作。他說：「上尉，你接下的這個負擔恐怕不輕哦。」他用琴弓輕叩鞋子。

「你是想說對一個老傢伙來說這個負擔不輕？」

西蒙起身，往小提琴箱彎下腰，拿一塊上蠟絲布包覆好樂器，再放入天鵝絨內襯中，喀噠兩聲關上箱子，然後打直身子。

「對，對一個老傢伙來說這個負擔不輕，我就是這個意思。」

□

上尉、西蒙和朵莉絲冒著毛毛雨，匆忙走回大果櫟樹林裡的停車處，多虧頭頂的鐵鏽色樹葉、遮雨篷、撐起的側簾，馬車已乾得差不多。小女孩已經做好了晚餐，盤腿坐在長椅上，像是面前擺著玉米麵包、培根、咖啡的印度瑜伽大師。「療癒礦物溫泉水」的金色字樣在煤燈光線下顯得爍亮。

他們躲進側簾天篷底下。

朵莉絲脫下滴著雨水的草帽打招呼：「哈囉！」

喬韓娜的目光掃向上尉，彷彿在問：你也看得見這個女鬼嗎？然後不發一語，目光再飄回朵莉絲身上。

朵莉絲手裡抱著一小包東西，她打開包裝，露出爽朗笑容遞給小女孩。那是隻有著陶瓷頭部、描繪著漆黑眼珠的洋娃娃，它穿著一件棕綠格子布的衣服，披了一條方形披巾，陶瓷腳上描畫出黑鞋。喬韓娜從毛毯下探出一隻髒兮兮的手，捉住洋娃娃的腳接了過去。她托住洋娃娃的身體片刻。這就像是脫掉外包裝、唯獨太陽舞節慶才見得到的泰納族神聖人偶。她像在搜尋什麼似地望著它的眼睛，接著把洋娃娃立在側邊長椅上，張開雙臂用凱奧瓦語對它說話。

西蒙「嗯」了一聲，站在撐開的遮雨帆布下抓抓頭，甩乾濕透的頭髮，他把小提琴安穩地留在馬車製造商的小房間裡。西蒙身著一八四〇年代的高領步兵大衣，表面材質是由拼布湊成，部分布塊重疊。「我的天，我想她是在對它說話。」小提琴家在小爐子上方伸展僵硬的指頭並放鬆關節。

朵莉絲在糧食用品箱裡找到鐵盤。她說：「她好像小精靈，就像從幻靈裡走出來的仙子，非常不尋常。」她把盤子擺在後擋板和箱子上方的空間。

西蒙嚴肅地凝望著他的摯愛，說：「朵莉絲，妳愛爾蘭人的那一面在這個詭異的場合冒出來了。」

「不要盯著她，」朵莉絲說，「她天生就是這個樣子。」

「她以爲那是偶像。」西蒙說。上尉在後擋板上方彎腰在毛氈旅行袋裡摸尋東西，同時聽著他們的對話。

「嗯，也許吧。」朵莉絲說，她把食物掃上餐盤，把能找到的餐具擺上餐盤，分別是兩把叉子，一把露營刀，一支湯匙，然後抬頭凝望小女孩；被捉走兩次、遭世界洪流沖走，她眞的好孤單。朵莉絲瞬間熱淚盈眶，抬起手背抹去淚水。「但我不認爲，她本身就像洋娃娃，不是眞的，同時又不是假的，我希望你懂我的意思。你可以幫她穿上任何服飾，但她還是一樣陌生，因爲她經歷過兩次生命。」朵莉絲把一個餐盤擺在小女孩面前。朵莉絲有著閃爍藍光的愛爾蘭黑髮，是貨眞價實的稀有黑髮。她身材嬌小，肌肉和從事勞力工作讓她的手腕顯得粗壯。她說：「經歷第一場生命時，我們的靈魂會改變，面向充滿希望的光明，離開動物的世界，上帝與我們同在。但經歷第二場創造時，我們的第一場生命就會撕裂，有時甚至裂成碎片，摔得粉身碎骨。她想問：『我的生命基石在哪裡？』」

上尉取出刮鬍器具，繞到較遠那端，在門栓上掛起一面鏡子，開始刮鬍子，他問：「狄倫小姐，妳是怎麼知道這些事的？」

「愛爾蘭馬鈴薯大饑荒，」她說，「大饑荒時，孩子眼睜睜地看著父母死去，接著到世界的另一端與陌生人繼續生活。雖然他們的心靈去了世界的另一端，歸來時卻是不完整的半成品，永遠失落。」她抖開用別針別起的濕裙，凝望喬韓娜小心翼翼用手拿著培根的吃相。

「關於這點，我也不曉得該怎麼幫忙。」上尉又繞了回來，擺好刮鬍器具，坐在麵粉木桶上。他彎下衰老修長的身軀，脊椎發出輕微的咯吱聲響，翻看著報紙。他得賺錢，雖然這個話題很吸引人，但他得先聽到錢幣落入顏料罐的聲音，才能聆聽拖著傷痛的破碎半成品小孩的神祕傳說。

「對於這一切，報紙隻字未提，完全沒提到這些可憐人，」朵莉絲說，「你的報紙有破洞，沒人看得見他們，唯有上帝長眼睛。」

上尉已經開動，吃完晚餐後將刀叉交錯擺在餐盤上，再把餐盤放上後擋板。「對，我相信祂有長眼睛。無論如何，她都得回到家人身邊，我要擔心的只有從這裡到卡斯特羅維爾的路程。」

「她的家人是哪裡人？」

「德國人。」

「啊！」朵莉絲雙手掩面，一會兒之後才放落在大腿上。「那這孩子總共要學三種語言。」她在麵粉袋上擦了擦手。「把她交給我們吧，上尉，我們會養她。」

飯吃到一半的西蒙停了下來，下唇一縮，兩邊眉毛吃驚地拱起。

朵莉絲說：「她很像我死去的妹妹。」

「阿門，朵莉絲，我親愛的，」西蒙說，「那我們下個月不就要帶著個拖油瓶結婚？」

朵莉絲聳了下纖細的肩頭。「你也曉得，」她說，「牧師什麼大風大浪沒見過。」

上尉心想：這個小女孩是大麻煩，所到之處都掀起戰爭。沒人眞正想要她，她就像天生註定待在洗衣房的紅髮繼女。

「狄倫小姐，妳太好心了。可惜我得把她送回親戚那裡，我已承諾在先，也已經收下價值五十美元的金幣當酬勞。」

西蒙鬆了一口氣的表情毫無保留，一覽無遺。

小女孩縮著身體回到車內，倒向靠背，埋進厚重的墨西哥斗篷裡。

第七章

基得上尉在共濟會後台換上讀報服裝，那是件體面的黑色禮服大衣，長度及膝，單排鈕釦，還有成套的背心、用同色系絲線繡著豎琴圖樣的棉布白襯衫，圖樣和襯衫一樣稍微泛黃。他還有一條全新黑絲領巾，以及低帽沿的絲質大禮圓帽。他把髒衣服塞進毛氈旅行袋，步出後台，站上講台，再把牛眼燈擺在標寫著「五十入基爾梅耶啤酒」的木箱左側，好照亮他的報紙。

他對群眾打招呼，聽見一角硬幣、五美分硬幣、兩美分硬幣、一美分硬幣，偶爾還有二十五美分硬幣落入顏料罐的聲響，若是二十五美分硬幣，聽眾會自行找零。今晚來的人不少，掠過西班牙堡天空的雲朵輕輕噴灑著微小霧氣水珠。他攤開《倫敦每日新聞》。他會先挑幾段題材嚴肅的新聞，再唸幾篇大相逕庭、如夢似幻的文章，這就是他讀報的手法，效果很好。牛眼燈的光束斜斜照映在他的臉頰，穿過他的老花眼鏡，皎潔的月光在顴骨上投映出蜂巢格紋。他朗讀一篇關於普法戰爭的文章，講述弱不禁風、灑廁所芳香劑的法國人，在維桑堡被啃食香腸的金髮德國大個子打得落花流水。結局可想而知。坐在底下的聽眾全神貫注地聆聽故事，這可是從法國飄洋過海而來的新聞！沒人對普法戰爭有絲毫瞭解，但消息跨越大西洋抵達北德州，又傳到氾濫紅河畔居民的耳中，讓他們不約而同地大感驚奇。他們不曉得消息是怎麼傳播到這裡的，又是用哪種方式千里迢迢送達，穿越了哪些陌生國度，更遑論究竟是誰捎來的，又是爲何送來？

基得上尉精準仔細地朗讀報紙，圓形金色鑲邊眼鏡圈起他深刻的眼窩輪廓。讀報時，他一定會把金色小獵錶放在講台邊計時。上尉的樣貌儼然是德高望重的智慧權威，這也是爲何他的讀報生意興隆，錢幣不斷在咖啡罐裡哐啷作響。人們只要看見他張貼的廣告單，就會離開酒館，溜出各種不知名樓房機構，風雨無阻踏出燈火通明的家，把牛群圈放在氾濫紅河畔，爲的就是聆聽來自遙遠世界的新聞。

現在他帶聽眾來到遙遠國度和陌生人種的世界，進入神祕思維和童話框架，他讀了一篇《費城詢問報》的故事，講述施里曼博士在土耳其尋覓強風颼颼的特洛伊城。他接著朗讀《加爾各答時報》轉發於倫敦《每日電訊報》的文章，講述英國的電報線成功與印度牽線的故事，這項科技創舉簡直像來自另一個世界。上尉抬頭掃視聽眾，一時間覺得好像瞥見金髮男，或至少在燈光邊緣掃到時似乎閃現灰金髮絲。這念頭在他腦海裡浮現，卻在他抓起四開頁《波士頓日報》的瞬間煙消雲散。他朗讀最後一篇文章，探索北極的漢莎號不幸撞上冰山，一艘捕鯨船救回意外的生還者。從聽眾微微欠身的小動作，上尉看得出這則新聞激起熱烈反應。聽眾目不轉睛地望著他，聆聽著尚無人探尋的冰雪王國、奇異美妙的野獸、遠征隊排除萬難的歷程、穿得一身毛茸茸的雪地種族。

就在他把報紙收進公事包的同時，西蒙步入共濟會後門。

「先生，小女孩不見了。」

沒有什麼比小孩失蹤的消息更能讓人快馬加鞭。上尉火速把東西掃入公事包，包括他的報紙、老花眼鏡、燈芯冒著煙的牛眼燈、錢罐，然後慌張地將絲質帽戴回頭頂，一個箭步奔至門口，衝進傾盆大雨。

他們不小心睡著了。他和朵莉絲在溫暖的明火前，坐在霰彈槍盒和麵粉木桶上，靠著巨大後輪呼呼大睡。某個聲響驚醒西蒙時，她已不見人影。

「她是赤腳離開的，洋娃娃也不見了。」

追蹤赤腳的人比追蹤穿鞋的人容易。土壤上留下四枚清晰的腳趾印，大大的拇趾印在四趾旁，像是放錯地方的大拇指。牛眼燈光束揪出她遺留在潮濕紅黏土道路上的腳印，她溜出了西班牙堡，往東邊河川前去。河水與高采烈地奔湧出河岸和界線，水勢淹成一片洶湧的內陸海，他們在八百公尺外都聽得見滾滾流水聲。雨越下越大，西北方劈開一道閃電，甫成形的暴風雨鋒面在夜間襲擊，燈光打亮幾百億顆色澤彷若鋼鐵與冰雪的雨珠。小女孩沿著先前的馬車車轍走回河川。在枯葉怒髮衝冠的扭曲星毛櫟和大果櫟間，小女孩的足跡蜿蜒，足印很快就到達洪水前。

上尉冒雨彎腰前進，關節疼痛不堪，他似乎需要找個比他年輕的人送她回南方，處理諸如此類的狀況，這人要身手矯健、耐心十足、身強體壯。

他和小提琴家西蒙持續往前走。

「她不見都是我的錯！」西蒙懊悔地往大腿一拍，發出濕浸浸的拍打聲。「上尉，真的對不起！」

他緊捉住帽沿，在上尉身旁狂奔，非得大喊才壓得過大雨咆哮。

「不是你的錯！」上尉喊回去，「這不是你能控制的事！」

和其他人一樣，上尉有事會第一個找西蒙幫忙。儘管個頭不高，小提琴家的體格強壯，更是打鬥射擊的好手。他們像是衝進灌木叢般地往大雨裡衝刺，殺出一條路。此地曾有人砍伐樹木，砍短的樹樁絆倒他們，寄生菟絲子纏繞全身。他們來到帕夏和芬西吃草的地方，牠們朝上尉他們噴出鼻息。上尉就連走路都感覺得到自己越來越消瘦。照理說，他這把年紀的男人，應該要身寬體胖，而他現在不是應該要剛享用完豐盛晚餐，斜倚在窗櫺上抽根菸，鼻子噴出一縷縷煙霧，望著窗外的微弱燈光、數著手裡的財產，然後在西班牙堡的旅店房間裡過夜。這眞的很不公平。

他們瞥見閃閃發亮的河水，然後停下腳步。只見河水邊緣，不到三十公尺的一塊隆起紅石上，喬韓娜佇立著，她濕得像塊抹布，雨水浸濕全身，讓裙子變得沉重；喬韓娜胸前抱著洋娃娃。雷電交加下，上尉看見暴漲洪水彼岸有一群印第安人。他們正在遷徙的路上，大雨很可能已經沖掉他們的營地。紅河水勢仍在暴漲，長山核桃樹被連根拔起，在奔騰洶湧的河水裡猶如水車翻滾磨碾。印第安人停下來，觀望河岸另一端，可能正在注視西班牙堡的遙遠光火，喬韓娜用凱奧瓦語向他們呼喊，但是距離實在太遠，再說河水聲勢浩大，對方根本聽不見她的喊叫。

「喬韓娜！」上尉呼喊她的名字，「喬韓娜！」

她放下洋娃娃，雙手圈起嘴巴朝印第安人嘶吼。她以爲這麼做能改變什麼？難道他們會過來救她？她嘶吼著爸爸媽媽、兄弟姊妹、她那隨著水牛遷徙的大平原人生，對著她那些仰賴河水而生的族人嘶喊，凱奧瓦人隨遇而安，勇敢面對敵人，不需要糧食、水、金錢、鞋帽，即使沒有床墊、椅子、煤油燈也不以爲意。他們杵在岸邊，彷彿看見愛爾蘭神話的山丘精靈般地凝視著她，頭頂每道光線照得她濕淋淋地閃耀。他們佇立在那裡，身邊圍繞著堆放在馬背上的印第安稻草帳篷桿子，渾身濡濕的小孩穿著水牛袍，坐在印第安雪橇上凝望著她，站在前頭和側邊的男人攜帶武器，用任何能保持乾燥的東西裹好武器，其中一人越過滾滾河水，朝她吼了回來，閃電像是凹版印刷般，照得他們的每個細節乍現，消失又再顯現。

喬韓娜再次朝他們呼喊。「我被別人捉走當俘虜，救救我，帶我回去。」她願意轉身背棄擁有電報、鐵路、層層繁複政治架構的現代世界，將一切拋諸身後……所有一切，只盼永遠在大地遷徙移動，對太陽和青草心懷感恩，即使常年髒亂濡濕冰冷，就像河水對面的那些人，她也不在意。

遙遠對岸的戰士抽出一把長型武器，高舉至半空。閃電光線底下，修長槍管閃著藍白光芒，他瞄準開槍，爍亮砲口噴出如煙囪刷的長焰，沉重的子彈擊中周遭石頭，炸得紅砂岩四處飛濺，爆炸聲傳到他們耳裡，變成模糊的「啪」一聲。他們沒聽說過這個人，也不知道她是何許人，這一槍是警告：滾開。

小提琴手和上尉四肢伏地，在褐色聳立長草間攤開雙手。

「那是夏普斯步槍！」小提琴手大喊。

小女孩不動如山，繼續呼喊。她彎下腰，讓洋娃娃以坐姿靠著岩石，面對印第安領地。

「五十口徑。」上尉說，「既然他開了一槍，就會有第二槍。」

他縱身一躍，拉住十歲小女孩的連身裙後襬，把她轉過來，拔腿狂奔。他鬆開她的連身裙，改捉住一隻胳膊，小提琴手則捉住她的另一隻胳膊，兩人合力把她拉回白人賴以生存卻沒人要她的世界。接著另一發三十四克的碩大子彈射過頭頂半空，即使大雨滂沱，子彈飛躍的「咻」聲仍清晰可聞，最後射中一棵大果櫟樹，炸裂有排水管那麼粗的樹枝。

「療癒礦物溫泉水」的馬車上，細雨霏霏的黝黑深夜裡，上尉仍清醒著算錢，並思考前往聖安東尼奧和卡斯特羅維爾的漫漫長路。小女孩已入睡，他慢慢換下衣服，感覺關節的疼痛。他回想她從不讓自己哭出來；朵莉絲及西蒙留給他的一小杯蘭姆酒和菸斗是他的心靈寄託，現在正好需要。他焦躁不安地思索著自己接下的重擔，覺得自己肯定是瘋了。大概是年紀大犯痴呆了吧。但既然答應在先，我就得做到，他內心思忖。就算不能再發一顆子彈，我也要設法送她回親戚身邊。他讀著波士頓報紙，心不在焉地盯著治療和假髮的廣告。

□

他們繼續邁向南方。他忘記找鐵匠修理裂開的輪輞，但濕氣使得車輪膨脹，輪輞可能已經變得緊綳。拖鏈啷噹作響，馬蹄踢起小塊泥濘，兩旁蓊蓊山林漸漸後退。這天氣候溫和，白色山嵐自潮濕山谷冉冉上升。他得在達拉斯找人修好車輪，無奈現款不足，在付了共濟會演講廳的租金、採買補給品與馬糧之後，資金已經所剩不多。

他們離開西班牙堡後，她在他身旁坐直身子，自顧自地哼起歌，一隻手在半空中舞動。十歲小孩擁有堅強的韌性，她已經坦然接受自己無法橫渡紅河與族人重聚的事實，能唱歌跳舞了。

「好了，喬韓娜。」他說。他讓自己平心靜氣，該時候展現耐心了。「妳知道妳的伯母？伯伯？妳很快就可以見到他們了哦。」

她直勾勾地望著前方，眼神空洞，說明她正在腦袋裡大海撈針，搜尋舊資料庫。

他嘗試用德文表達：「安娜伯母，威爾罕姆伯父。」

她轉過頭，對上尉說：「是。」她的聲音帶有一絲詫異，彷彿想要解開腦海裡某樣糾結難解的東西。

她打開放在膝上髒兮兮的雙手，盯著手掌，又彎起手指，卻似乎什麼都看不見。她的臉孔不再像個孩子，而是經歷令人無法理解又難以言喻的事件，瞬間懸在無言狀態。她的雙手開開合合，合合開開。

接著她開口：「媽媽，爸爸。」她對他舉起一隻手，說：「死了。」

他們穿越大果櫟林，破裂鐵輪的平穩嘎嘎聲細數著它經歷的革命，芬西的挽具叮噹作響。扭曲的閃電狀樹枝篩著天空，壓碎的橡實殼在腳下發出清脆聲音。

上尉低頭望向她，凝視著她坦然的雙眼及眼底重新發現的痛楚，那是在一瞬間浮現的恐怖記憶。他咬了咬左下唇，對於自己讓她想起這段記憶感到罪惡。他幫她蓋好脖子邊的毛毯，對她露出微笑。

他說：「親愛的，別想了，我們來上英文課。」她沉重地點了一下頭，荷葉邊袖裡的一隻手繼續開合。

「手。」他舉起自己的手說。

「搜。」她說。

「馬兒。」他指向正在他們前面小碎步奔跑的芬西。

「馬鵝。」

上尉不懂凱奧瓦語，但他知道凱奧瓦語裡沒有捲舌音。

「很棒哦！」他以輕快的語調說。

「痕棒哦。」

但現在她的聲音卻低沉得提不起勁。她把泰納族人偶娃娃留在原地，幫她站崗，看守紅河對岸，而她則展開全新漫長的艱辛路程前往他方。痕棒哦。

□

他們橫渡清溪及丹頓溪，兩天後總算在冷冽的午後四點來到小鎮達拉斯。小女孩比在西班牙堡時意志消沉，恐懼緊綳，周遭的噪音和馬車讓她目瞪口呆。達拉斯有好幾棟兩層樓高的磚石建築。她鑽回馬車後方，緊緊依偎在麵粉木桶和毛氈旅行袋中間的馬車座椅靠背。他們沿著一條北方道路進入市中心，行經好幾間有著單面斜頂帆布、緋紅光線照耀的鐵匠鋪，裡面全是男人和馬，香菸煙霧瀰漫，金屬噪音鼎沸，全憑一顆顆螺栓固定住這個世界的物品。喬韓娜憂心忡忡的視線瞥進店鋪。上尉很開心見到鐵匠鋪，他明天會帶馬車過來。當然，首要任務是先對換新輪輞的裝修進行詢價。

他們沿著三一街進入城鎮中心，街上人潮洶湧，男人身穿緊身衣褲，女人身穿以鯨骨和布料撐起的裙裝。喬韓娜別有興致地凝視著兩個黑皮膚的女人，她們提著的購物籃裡有母雞，母雞的頭警戒地探出籃子。最後上尉來到甘內特馬房後院，步下馬車。

一名馬夫接過芬西的轡勒，大呼：「哇喔，別暴衝！」講得像這匹疲憊的小花馬正準備俯衝進通道後側。

「捉緊牠的轡勒，」上尉說，「不然牠會瘋狂踹你。」

芬西仰起頭，馬銜直槓下的舌頭繞了一大圈，接著打了個大呵欠。

「很難講。」這男人說，「新馬的行爲難預測，我之前沒見過這匹馬。」他打嗝。

「是啊，」上尉說，「你一天肯定只看到三、四匹新馬吧。」

馬夫解開這匹小花馬的套具，再從牠背後取下挽具。上尉在這男人的氣息中嗅到了一絲酒味。

甘內特太太手裡拿著三包已空的花紋飼料袋，步出飼料儲藏室，罩帽掛在她的後腦勺上，繫帶懸在她的肩頭。依舊纖細苗條，上尉暗忖，如同少女的小蠻腰。

「基得上尉！」她大喊，面帶微笑走過來，一隻手歇在「療癒礦物溫泉水」馬車側邊，瞥向紅色羊毛毯裡睜著鯉魚眼睛張望的小女孩。她轉過頭，雙眼寫滿質問地注視著上尉。上尉站在高大後輪旁邊，整整高出甘內特太太一個頭；他將手臂放在後輪上解釋情況，就連在講故事時，他都不禁佩服她可以獨力經營馬房。他現在又累又髒，全身沾滿紅河泥濘，還得去買他要朗讀的報紙；沒辦法。

「聖安東尼奧！」甘內特太太驚呼，「老天，這段路很遠耶，上尉。而且你還單槍匹馬，目前國內已傳出多起突襲的消息哦。」她轉頭查看馬夫在忙什麼。上尉很清楚，甘內特太太的丈夫就是死於突襲事件。一年前，他們在威德福路上發現甘內特先生被肢解的屍體，身上沒有半點衣物。她說：「等護衛隊的人過來不行嗎？」

「哎呀，沒事的。」他說，「我會看情況行動，應該不會有事。」他看見她滿臉寫滿懷疑。「我可是全副武裝，有一把貼身武器和一把霰彈槍。現在我得去找最新一期的報紙和旅店，所以可以請妳幫忙看住她幾個鐘頭嗎？我想她應該不會逃走，在達拉斯四處亂跑。」在西班牙堡她還有地方可跑，想方設法回到紅河，但到了這裡，她形同身陷敵營。他青筋浮起的手撫摸著兩天沒刮的銀灰鬍子：「我真的很慘，甘內特太太。」

她禁不住哈哈大笑，要上尉儘管去忙他的，她可以照顧小女孩。若他願意到飼料房換下這一身衣服，她可以幫忙把這套旅行穿的服裝送去卡納漢太太那兒，順便問卡納漢太太有沒有適合小女孩的二手連身裙及其他必要服飾，小女孩真的該換下這套衣服。他拎起公事包，低頭望著她。年紀輕輕就守寡，還不到四十五歲，實在教人心疼。她有雙淡褐色眼珠，笑起來很迷人。

「實在感激不盡。」上尉說，舉起頭頂的帽子向她致意，再戴回去。「明天離開時我再付清費用。」

他轉身查看喬韓娜。她從墨西哥斗篷裡伸出一隻小手握住他的。這個舉動讓他詫異不已。她極度惶恐不安，可能以為自己又要被交給另一個陌生人。他微笑了笑。她的臉頰藏在紅色羊毛毯裡，他無法輕撫她的臉頰，於是摸了下她的額頭。

「沒事的，」他說，「別怕。」

他掏出獵錶，又放了回去。喬韓娜沒有時間概念，即使和她說他一個鐘頭後就會回來也無濟於事，於是最後只是說：

「好好待著，別亂跑。」

第八章

上尉換下旅行穿的髒衣服、交給甘內特太太後，便夾著裝有報紙的公事包回到街上，在史丹蒙斯費里路的旅店預定了兩間空房。這棟建築使用了輕木骨架、牆壁輕薄，採用花紋圖樣的馬馱糧袋充當窗簾，但由於他還不確定讀報能賺到多少錢，今晚只好先委屈一下。沐浴要價五十分錢，根本是搶劫，但他還是乖乖地掏了錢，在熱水裡泡了十五分鐘後才起身刮鬍子。

他到達百老匯劇場，找到大白天已坐在矢車菊大廳裡豪飲的老闆。他預定了當晚的小型劇院，並且白紙黑字寫下租借書，免得老闆喝到不省人事，把這事忘得一乾二淨。

他走上三一街，前往瑟伯新聞印刷廠，墨水氣味和後房傳出的印刷噪音陣陣撲襲，誘惑著他。錢德勒與普萊斯手搖活版印刷機正不疾不徐地吐出一張張廣告傳單或公告，四周擺滿鉛字條、裝訂器材、打孔機，牆上還掛著一面招牌：

這裡是印刷房

是文明的十字路口
藝術對抗光陰摧殘的庇護所
打擊流言蜚語、說出無畏眞相的兵工廠
吹著永不停歇的號角
文字將從這裡散播至世界角落
不被聲音的浪潮吞噬
不因作家的文筆有別
禁得起校樣驗證
永恆封印時光裡
我的朋友，你正站在聖地
這裡是印刷房

上尉用力深呼吸，努力克制剎那間襲來的苦澀嫉妒，心裡多少比較舒坦了。瑟伯上前和上尉打招呼，關切他的健康、讀報事業、奔波旅途、北部印第安人的威脅，外出遠行是否讓他疲憊？上尉的黝黑眼珠緊緊瞅著對方，說：「不，不累。」還特別擔保，他——傑佛森・凱爾・基得——還沒有坐在輪椅或躺在病床上，要是那天到來，肯定會寄一張明信片給瑟伯，鄭重通知一聲。「多謝，先生，有勞您費心。」

上尉大搖大擺地逛起印刷廠，凝望著排版桌和鉛字盒。瑟伯雙手緊扣在後，對他兩名印刷廠學徒翻了個白眼。接著上尉買了一張信紙和一枚信封，以及最新一期的《費城詢問報》、《芝加哥論壇報》、《倫敦時報》、《紐約先鋒報》和墨西哥城的地方報《喇叭報》，準備好整以暇地坐在頭頂有堅固屋頂的旅店房裡，從這些英文報紙中搜刮幾篇有趣文章，再翻譯幾篇《喇叭報》的報導。

擺脫瑟伯糾纏後神清氣爽多了，接著他回到三一街的《達拉斯通訊週報》辦公室，和該報的摩斯電碼操作員一起坐下，接收美聯社電報要聞。這裡收取的費用很合理。阿肯色州和東部據點的電報仍是通的。科曼契人和凱奧瓦人學到切斷電線，再使用馬鬃修好電線，如此一來即使電線再也無法發送訊息，也沒人查得出是哪段電線遭人切斷。印第安人非常清楚軍隊指令都是透過電報線傳送的。

他從公事包裡取出一疊厚厚的印刷通知單和廣告傳單，然後在《達拉斯通訊週報》辦公室裡印上最後一行字。

文明世界的主要報章雜誌

最新要聞與文章報導摘錄

傑佛遜．凱爾．基得上尉

將爲您朗讀精選概要

時間：晚間八點

地點：百老匯劇場

他在達拉斯街頭四處奔波，張貼廣告傳單。北德州小鎮鎮民對新聞向來求知若渴，聽讀報人朗讀報章雜誌，遠比獨自坐在家讀報，或只能對另一半發出不滿抱怨或驚訝怪叫有意思多了，再來當然也是因爲有些人不識字或閱讀能力有限。

他走訪每條大街小巷，每敲入一個大頭釘，都不由得逕自煩惱，煩惱接下來的漫長旅途，煩惱他是否能保護小女孩平安無恙。他哀怨地想著，我已經養過女兒，早過了那個年紀。步入這所剩不多的歲數，他已經開始以如死刑犯般的漠然無感看待人間。誰在乎你們的流行、你們的戰爭、你們提倡的運動？我還能活幾年？我早就見識過太多來來去去的流行，見識過太多人們曾經熱血捍衛最終還是遭到遺忘的運動。但這下情況變得截然不同，他又被拽回時光洪流，因爲再次被託付了一個生命，所以這些事變得舉足輕重。他在威奇托福爾斯感受到的詭異憂鬱和冷感心情，已經煙消雲散，但還是忍不住抗議，他是個抱怨不休的老人、暴躁不安的老傢伙。我早就已經拉拔兩個女兒長大。這時有個聲音從天堂傳來，對他說：這樣啊，那你再拉拔一個長大也沒差吧。上尉不得不承認，那其實是他自己內心的聲音，但聽起來總像是他那當過地方法官的父親，他時常提醒兒子殖民時期北卡羅來納州的官方法律，他的聲音充滿深思、溫文爾雅，幾杯黃湯下肚後嗓音會變得更有親切感。

□

沁涼春風掠過一片片屋頂撲襲街道，女士裙襬被吹掀得猶如朵朵浪花。上尉可以看見他吐出的氣息，他用破爛圍巾密實纏繞喉嚨，上等黑帽牢牢壓在白髮上，德州氣候像月亮一樣善變。他買了烤肉、麵包和一盤濕答答、看似鬱悶的南瓜，用錫桶提著成堆食物，一路帶回馬房馬廄。

「沙——尉！」他聽見她雀躍洪亮的呼喊。

「是我，喬韓娜。」他說。

甘內特太太露出開朗笑容，淺褐色的明亮雙眼從一間單畜房的上緣探了出來。他只看得到喬韓娜的頭頂。甘內特太太告訴他情況很好，和馬兒玩耍後，小女孩已經平復情緒，她們現在正在記每匹馬的名字。上尉鬆了口氣，他剛洗好的旅行用褲和兩件舊襯衫也已經掛在馬車擋泥板上方晾乾，他的襪子和內褲也周到地燙洗過，熱騰騰地掛在擋泥板下方的橫拉桿上。小女孩獲得的二手衣也已摺好，收在彈藥箱裡。

他在低矮後擋板上打開裝盛晚餐的錫桶，甘內特太太則走回辦公室，上尉望著她離去的背影：一小撮深棕色頭髮溜出她的罩帽，她的裙子並未被春風吹出陣陣漣漪，只是優雅地左搖右擺。

然後他轉頭看喬韓娜。

「晚餐。」他仔細發音。

「晚掺！」小女孩微笑，露出整列下排牙齒，拉起裙子踩著輪輻，攀爬上車輪，然後鑽進馬車。

他和喬韓娜坐在側邊座椅，他看著她拿起野外直刀，切下一大塊冒著騰騰熱煙的烤肉，左右換手拋接那一塊肉，嘴裡發出「啊！啊！」的聲音，等涼了便熟練地把肉丟進嘴巴。烤肉醬噴濺得到處都是，上尉正準備送往嘴的叉子停在半空中，注視著她。她又切下一塊肉，開始兩手拋接，手指沾滿滑膩膩的油脂，紅色烤肉醬流至手腕。

「停下來。」

他放下叉子，用晚餐附送的紙巾幫她擦手，再把叉子塞入她手裡。他用瘦削、浮著青筋的手握牢她小小的手指、叉子等餐具，帶她用叉子叉起一塊牛腩，送到她嘴邊。

她用那種彷如玻璃的空洞目光盯著他，現在他曉得這眼神的意思了，那就是：她看不懂也不喜歡他剛才示範的動作。她以握著冰鋤的姿態拿起叉子，刺進晚餐，猛力擰起一塊肉，然後吃掉叉子上的肉。

「不是這樣，親愛的。」他說。上尉一手握住她的手，糾正她用正確姿勢拿叉子，再一次舉起叉子，送進她嘴裡，然後坐回他的座位，看著她笨拙地和刀叉搏鬥。人類居然不明所以地用這種方式吃飯，讓她百思不解，簡直莫名其妙。關於這一點，他們兩人沒有共通語言。她又試了一遍，然後轉過頭把叉子扔進隔欄。

上尉穿著黑色正式大衣的肩膀洩氣般地微微低垂，剎那間差點被憐憫的感受吞沒。與父母分離，被陌生文化的人收留，交由新爸媽帶大，之後又以幾條毛毯和幾件二手餐具的代價被賣出去，輾轉被交給不同的陌生人，硬塞進奇裝異服裡，包圍在她身邊的人都來自她不認識的文化，說著她聽不懂的語言，而她才年僅十歲，現在就連吃個飯都不得不使用古怪的異邦器具。

最後他一手拎起他的小背包，將公事包夾在腋下，對喬韓娜招手。他看見她盯著自己髒污的雙手，臉頰上閃著淚光。

「現在我們要去旅店房間，」他語氣堅定地說，「妳要乖乖待在那裡，我在準備讀報時，不許打破窗子。」

他牽起她油膩膩的小手，兩人走上街。

第九章

上尉出門時順手關起身後的旅店房門，可以從走廊聽見她開始唸誦凱奧瓦禱詞。這個舉動具有各種可能的含義，可能是已經認命，可能正準備用窗簾繩索上吊，也可能打算縱火，或者只是準備睡覺。

至少她身上沒有武器。

他把鑰匙放在櫃檯上，說：「她是凱奧瓦人擄走的俘虜，我要送她回家。」

「可是上尉！小孩子應該開心才對啊！」櫃檯的年輕人有雙突出的眼睛，手持一把假鬍子，正用一支指甲剪修理毛髮。「這年紀的孩子不是應該蹦蹦跳跳、無憂無慮地拍手嗎！她聽起來像是準備拿刀自盡！簡直是歌劇裡的情節嘛！」

「是吧。」上尉說。

「她要去哪裡？」

「聖安東尼奧附近。」

「你的意思是前往聖安東尼奧的這整段路，你要熬過這一切？唉唷喂呀！」

「年輕人，別再用驚嘆語氣和我說話，我也不知道該怎麼辦。」

櫃檯人員閉起雙眼，緩緩呼出一口氣。他常在劇院裡飾演小配角，通常是聽差或送信人的角色。他說：「找甘內特太太來陪她吧，總不能一整晚聽她誦經。」

□

上尉再次看見甘內特太太時，她的濃密褐色頭髮已經紮成精緻辮子，盤繞頭頂。她脫下了罩帽，在畜欄上撢掉帽子灰塵。她正在教馬夫怎麼拔掉轡勒上的公母螺絲釘。

「是的，太太！」他轉過身，一隻腿不小心勾到另一隻摔倒。「該死！」他說。「我的腿，這地板，也太出其不意了吧。」他口齒不清。

「彼得，」她說，「你怎麼說髒話，快站起來。」

「有東西！」他說，「在乾草下面！這樣會害人跌倒。」

「這樣啊，那撿起來。」她的語氣溫柔。「上尉，你來啦？」她努力擠出笑臉。

上尉兩手交叉在身前，正經八百地站在那裡，請求甘內特太太當晚陪喬韓娜，但當然他並未提及另一個理由，那就是光想到她就睡在隔壁房，就讓他開心到飄飄欲仙。他提出要付她一美元當作酬勞。

「上尉，你太見外了，」她說，「我很樂意幫忙。」

這晚是他當週唯一可以一覺好眠的機會，他總算能了無牽掛、不抱緊張恐懼地好好睡上一覺，至少他是這麼希望。他總是擔心小女孩逃跑、失蹤、餓死，或是嘗試泳渡紅河回到凱奧瓦家人身邊。一開始那兩天，他甚至不免揣測，她會不會試圖殺了他或者自盡。

爲了過夜，甘內特太太有備而來，她帶了一只裝有睡衣和個人用品、類似綠色布質鞍袋的小型黃銅釦夾袋。他打開房門，只見喬韓娜盤腿而坐，輕輕搖晃身體。甘內特太太從外套口袋裡掏出一小塊輕巧細緻的奶油蛋白軟糖，遞給了她。喬韓娜兩眼空洞地盯著糖果，上尉看見她比出「毒藥」的手勢。

他說：「甘內特太太，妳先吃一半。」

她立刻明白，於是咬下一半白糖，發出「嗯」的美味聲音。

喬韓娜伸出手，以如冰河移動般的慢速接過剩餘的半顆糖，咀嚼品嚐著香草、糖、蛋白的味道，感受奶油蛋白軟糖在嘴裡輕盈清脆的滋味。她不帶笑意地吃著糖。上尉知道這是甘內特太太當天下午特地爲喬韓娜做的，而奶油蛋白軟糖並不好做。他慢慢退出房間，聽見門鎖扣上的聲音。

旅店牆壁是以廉價松木板搭蓋而成，他能清楚聽見隔壁的一舉一動，暗自希望自己什麼都聽不到。他坐在桌前，用墨水在文章上畫線，鋼筆尖在粗糙的報紙表面刮擦，發出猶如老鼠貪婪啃食的聲音。他吹乾墨水，把報紙擺在一旁，取出信紙，開始給人在喬治亞州的兩個女兒寫家書。房間裡聞起來充滿像是全新木材和洗滌棉被床單的刺鼻肥皂氣味。

我最親愛的女兒歐琳比亞和伊莉莎白，他振筆如飛。

「沙——尉！」喬韓娜敲打牆壁，她在啜泣。他敲回去，「焦——哈那。」他說。

請代我向艾默里和我的乖孫問好，轉達我對他們的愛。我很好，繼續巡迴讀報，並在人口稠密的小鎮間廣受好評。隨著世紀更迭，人口增加，現在也有越來越多人前來聽遙遠地區的新聞報導。我的身體依然硬朗，希望艾默里已經適應使用左手，也希望有朝一日見到他動筆寫字。伊莉莎白說只有一隻手臂的男人恐怕找不到工作，這點我贊同，但若非手工作業，應該沒有影響。無論如何，雇主多少都會考慮雇用失去四肢的退役軍人。一旦左手運用自如，我敢保證他可以考慮排字、會計等工作。歐琳比亞肯定是你們最踏實堅穩的支柱。

在強斯頓將軍率領的亞特蘭大撤退之中，歐琳比亞的丈夫梅森不幸於阿戴爾斯維爾陣亡。這男人體型壯碩到不像人類，但倒也沒龐大到像火車頭。他在巴德斯里宅邸高塔遭人擊中，滾落三層樓，摔落地面時恐怕撞出足以埋葬豬隻的碩大凹洞。事實上，上尉的小女兒歐琳比亞是個敏感纖細的孩子，就連拔起菜圃裡的蕪菁，都能為可憐的小東西一把鼻涕一把眼淚。她情緒焦慮、大驚小怪，經常展露敏感的那一面。梅森剛好與她相配，卻可惜北軍士兵奪走了他的性命。

歐琳比亞現在和伊莉莎白及艾默里同住在他們位於喬治亞州新希望教會的農場廢墟，很可能是一大重擔。他一隻手扶著額頭。我的小女兒其實很讓人吃不消。

牆壁傳來一陣拍打聲：「沙——尉！沙——尉！」

他起身敲了回去。「焦——哈那！」他說，「快去睡覺！」

上尉聽見牆壁那端傳來安撫的聲音，像是在對焦躁不安的馬說話；那是堅定低沉的聲音，以輕柔的語氣下達命令。早先甘內特太太和小女孩去廁所時，他聽見馬桶沖水時傳來驚恐的尖叫聲。這間旅店裡什麼怪聲音都聽得一清二楚。早知道當初就多花一點錢，找間大型石造結構的旅店過夜，多少保有一些隱私。

……妳們的另一半都是老喬治亞州軍團的士兵，對戰友絕對忠誠，於是在上帝旨意和命運安排下，回到喬治亞州參戰，甚至捲入火燒亞特蘭大事件，但要是平心靜氣思考其他家庭遭逢的悲劇，我們應該知足常樂，畢竟自己最親近的家人還與我們同在。我知道目前旅途困難重重，但等到你們都抵達德州，相信情況自會好轉。

他的筆停頓，重回前面的句子，撕下紙張的一小角，抹掉「甚至捲入火燒亞特蘭大事件」這句話，再用筆畫掉。他斜著紙張在燈光下照。很好，已經看不見了。實在沒必要重提恐怕引人落淚的恐怖回憶或事件。

最近德州參議院和眾議院通過一項法律，嚴禁人民攜帶手槍等隨身武器，但目前爲止……

他寫起科曼契人和凱奧瓦人跨越紅河發動的突襲，但又想到他滿心期望兩個女兒和艾默里及外孫過來德州，若提供這情報，只會讓人提心吊膽、驚惶失措。他們已經經歷夠多了，再說來到德州的旅途不會太輕鬆，因爲在戰時南方橋墩幾乎被炸光抑或燒燬，鐵路和運輸工具被炸得粉碎，目前沒有重建經費。下此毒手的不只是薛爾曼將軍，佛瑞斯特將軍也差點沒炸光往來田納西州和密西西比州的鐵路，用意就是斷了北軍士兵的道路。無論如何，他們已山窮水盡。糧食和衣物短缺，他們必須向聯邦軍申請通行證，才有辦法踏上被車轍碾壓得坑坑巴巴的道路，而他們駕駛的兩輛馬車，載著兩個女人和兩個孩子，這四人全要靠一個只剩下一隻手的男人保護。若有渡輪，他們得跨越密西西比州的維克斯堡，隨身攜帶採買糧食的錢，要是遇到攔路搶劫的強盜，他們可能就得另想辦法覓食。

……但目前為止沒有隨身武器也安然無恙，滑膛槍並沒有受法律限制，我偶爾還能享受一頓鵪鶉和鴨肉美食。現在野天鵝和吼鶴都歸巢，半途落腳紅河。親愛的女兒，我閒扯夠了，現在得進入正題。我認為妳們在德州的生活會好過飽經戰火摧殘的東部，請為妳們辭世的母親考慮搬回來。如果妳們願意歸來，我會很開心再次和女兒、女婿與外孫共享天倫之樂。伊莉莎白向來對法律程序具有深厚興趣，妳可以開始涉獵法律，然後將土地的事託付給精通固定資產訴訟的律師。

沒錯，我清楚對我們家而言，西班牙土地一直是種妄想，但它實際上都在，只是需要仔細研究。若妳們動筆寫信給土地委員長兼貝克薩爾郡西班牙殖民歷史紀錄案卷保管人亞米斯達・德拉勒先生，要記得切勿拼錯母親婚前的名字：瑪莉亞・露伊莎・貝塔恩科特・依雷亞爾小姐，繼承土地是「una liga y un labor」，我希望妳們還記得以前學過的西班牙語，這兩塊是與康塞普西翁教會無法律關係的牧地和農地，康塞普西翁教會的全名則是「Nuestra Señora de la Prísima Concepcion de Acuña」（切勿拼錯字，所有該下的重音都不得輕忽），德拉勒先生很吹毛求疵。我們還有聖安東尼奧的大老闆之家，住在這棟房子的人一直是貝塔恩科特的後代，他們現在都已經是雞膚鶴髮的木乃伊，由於無法取得白麵包，只能靠玉米餅維生，成日唉聲嘆氣。

妳們母親的祖父亨利・伊波利多・貝塔恩科特・依葛拉茲向教會買下這兩塊土地，但西班牙官方卻要求所有權需要親自到墨西哥城登記，這段路程少說費時兩個月，因此從未有人眞正登記土地，所有權才會亂七八糟。更別提一八二一年後墨西哥城的土地登記處交由墨西哥共和國管理，他們的貪腐可是出了名，我聽說他們的歸檔系統十分草率，導致這些不明確的土地所有權落入德州共和國手裡；後來美國接手，變成南方聯盟，現在又重回美國手中。德拉勒先生辦公室堆疊著滿到幾乎山崩的文件檔案，伊莉莎白，妳會很喜歡的。我親愛的女兒，誰教妳天生就是離不開墨水的孩子。

這一拉卜的地位在安東尼奧河，康塞普西翁南方八公里處；一里格的地則位在波肯尼高地，總計約爲三百英畝。原本是由瓦倫祖拉家族在那裡飼養綿羊和山羊，但最新消息是他們已經離開該區。

「沙——尉！」

他聽見低聲啜泣，不由得對著信紙垂下頭。他以爲印第安人打死不哭，這聲音撕裂了他的心，讓他的心思跳脫出合法土地問題。

他閉上眼，擱下筆，試圖讓自己冷靜。自從七十萬名南方年輕男兒在戰爭殉難，重責大任就落在老人肩頭上，他們只是幾百萬人口中的一小群人。他得安排家人團聚，他得走法律訴訟程序，他得靠讀報賺錢維生，他得送這孩子回到親戚身邊，他們看到她現在的模樣，肯定會震驚不已。在那一瞬間，他想不通當初怎麼會答應送她回卡斯特羅維爾。

全是爲了布里特，一個自由黑人，爲了這個人。

隔壁房間裡傳來東西破裂的聲音，接著響起甘內特太太沉穩的聲音，永遠不慌不亂的甘內特太太。

他寫家書的興致全消。

愛妳們的父親，傑佛遜・凱爾・基得筆

他聽見小女孩被拖過走廊去浴室時，以凱奧瓦語抗議的高亢聲音。沒人想到一個十歲的凱奧瓦德裔俘虜竟會亂砸肥皂和陶器。一會兒後她們回房，繼續傳來啜泣聲，甘內特太太則開始哼歌。

他低頭傾聽。她的歌聲十分動聽，是清澈明亮的女高音。她唱的歌曲是《別讓我離開十字架》，接下來是《我的靈魂安定》。他慢慢移動信紙，開始摺了起來。平靜像是一條河川伴隨著我……非常好。七十一歲的他本來應該安享如河水般平靜的清福，但現在他壓根不用妄想。窗外的達拉斯鎮充斥著高聳林立的嶄新木材建築，空氣裡交織著車輪的轟鳴噪音及渡輪登陸時男人的吆喝聲。面對這些人造峭壁和僵硬的筆直小路，小女孩會作何感想？啜泣聲漸漸減弱，甘內特太太唱著《黑即是色彩》。沒有伴奏時，這首以多利亞調式呈現的老歌並不好唱，小女孩正靜靜聆聽。這首歌的曲調比其他歌曲更接近印第安人的唱腔，充滿突如其來的轉音和特殊的凱爾特音程。他好奇過去一年他怎麼沒注意過甘內特太太？接著他馬上就知道答案。因為女兒會希望他對她們的母親保持忠實，永遠緬懷她，若被她們發現他有這種想法，歐琳比亞和伊莉莎白肯定會像兩枚投入錫罐的硬幣，激動地哐噹作響。

松木板牆那端總算一片沉寂。他關掉煤油燈，即將八點，上場的時候到了。

第十章

散發白森森微光的雲朵如浪潮般低空飛掠，預示著大雨將臨。百老匯劇場的座位充足，人們可以更自在地耐著性子聽他朗讀。一如既往，上尉帶了自己的牛眼燈，擺放在左手邊的花盆上方，對好右手邊的讀本，再把燈光瞄準字密密麻麻的灰色印刷刊物。他將小型黃金獵錶擺上講台。有兩名美國陸軍在雙開的前門邊站崗；只要是公眾集會場所，皆可看見他們的身影，德州尚未脫離軍事統治。

若華盛頓願意給予德州代表團席位，幾個月後德州便有望脫離軍事統治。近期的德州州長選舉，不是南方民主黨員和效忠聯邦的共和黨員之間的殊死戰，確實不是。老南方民主黨早已在德州凋零，這場殊死戰的主角是共和黨分裂而成的派系。戴維斯率領的派系極端專制威權，漢彌爾頓率領的派系相較之下不這麼極端。但兩個派系都竭盡所能地揩德州的油。正因如此，向國會議員上訴並要求協助釐清德州的土地所有權，根本毫無意義，他們中飽私囊都來不及了。想要釐清貝塔恩科特的土地所有權，伊莉莎白要耗上數年光陰，她會很享受這個過程的。

聽眾來得不少，他聽見入口處的顏料罐發出不絕於耳的零錢聲。上尉像往常一般向聽眾問好，開頭先感謝百老匯劇場的老闆願意提供場地，接著講述他從威奇托福爾斯風塵僕僕抵達西班牙堡和這裡的路，再以難以想像卻教人出神著迷的細節，呈現遙遠神祕的訊息。

他讀到大英殖民政府試圖列出他們的殖民人種，換句話說就是製作一份人口普查，然而印度族群卻違抗人口普查員，原因是已婚婦女不得大聲宣揚丈夫名字（眾人點頭如搗蒜：遙遠國度的人腦袋都不夠理智）。接著他又讀到一篇倫敦大風暴吹倒煙囪頂帽的故事（煙囪頂帽是什麼？他發現聽眾一臉狐疑）。接下來是全新開張的芝加哥屠宰加工廠，要是當真買得到牛，無論多少牛，屠宰加工廠一頭都不會放過。人群中，有些男人興致勃勃地聆聽這則故事，陷入深思，思索著該怎麼躲過野蠻部落，將牛群一路牽到密蘇里州。上尉讀到愛爾蘭人口擁入紐約市的新聞，衣衫襤褸的乘客步下汽船極光號的情景；又讀到鐵路進駐新成立的內布拉斯加州平原；接著讀到墨西哥城周遭的波波卡特佩特火山再次爆發；無論如何，就是絕口不提德州政治。

有人喊道：「你怎麼不讀戴維斯州長的州報？」

上尉摺起報紙，說：「先生，我想你應該很清楚原因。」他朝講台傾身，白髮閃耀出光芒，牛眼燈光束照得他的金框眼鏡熠熠生輝，上尉象徵著長者智慧與理性。「即使沒有人掏槍，也可能在幾分鐘內拳腳相向。德州人已經喪失理性討論政治的能力，不再有辯論，徒剩蠻力。如果你想證明，看看門外站崗的士兵就知道了。」

他將報紙隨性地收進公事包，說：「我的任務是集中整理遙遠地區的要聞，至於奧斯汀當地報紙和《先鋒報》，就請你們自行找來讀吧。」上尉合起公事包，牢實扣好鈕釦。「要吵架請在你們自己的時間進行，不要挑我讀報的時候吵。」

他聽見手提帽子、頭頂油亮濡濕的男人和幾個戴著圓扁帽和罩帽的女人發出「對嘛，對嘛」的回應。

他吹熄牛眼燈，拎著燈和公事包步下講台。在人群的縫隙間，他發現在威奇托福爾斯和西班牙堡曾見過的淺髮男子和兩個卡多人，不禁內心一沉。他之所以知道這兩個印第安人是卡多人，是因爲他們的頭髮在下頷處削得齊平，身穿帶黃花的深藍上衣。卡多人很喜歡印花棉布。金髮男子一派輕鬆地坐在劇院椅子上，腳踝在另一條腿上蹺得老高，帽子擱在膝蓋上緣。他正凝望著上尉。

上尉步下講台時，聽眾全體起立，有的人跟在他背後。他握了握聽眾對他伸出的手，接受眾人的感謝和讚美，他們身上散發著濕羊毛和樟腦的味道，一個打著噴嚏的嬌小女人說：「謝謝你，上尉。」握著她的手、看見她神采奕奕的臉頰，上尉在那一瞬間喜不自勝。也許他暫時驅逐了她的憂慮和煩惱，也就是上尉說的「自虐念頭」。一臉肅穆的男人佩帶著銀色翻領徽章，徽章形狀是聯邦黨漢考克二砲部隊的酢漿草，上尉用力握了下他的手。無論你支持哪一邊，只要是挺過蓋茲堡之役的人，都值得恭賀。也許他在某個瞬間，陪伴這男人進入想像國度，帶對方前往荒野天邊、冷冽冰山、倒塌的煙囪頂帽、熱帶火山。

百老匯劇場的經理走出來，向上尉索取費用。他當晚賺了將近二十美元銀幣。上尉把一袋硬幣塞進大衣口袋裡，一個男人過來用長柄燭芯剪熄掉水晶燈裡的燭火。百老匯劇場緩緩沉入一片漆黑。

「上尉，」金髮男子站起身，說，「在下名叫艾爾瑪。」

「這兩人是你的朋友。」基得上尉說。

「是的。」金髮男子戴上帽子。

「你從威奇托福爾斯就開始跟蹤我。我在西班牙堡時好像有看見你。」

「誰教我生意做很大，」艾爾瑪說，「把小女孩賣給我，你想要收多少錢？」

基得上尉猶如石頭般無法動彈，那一刻彷彿永恆，他面無表情、文風不動地杵在原地。我錯了，還是有人想要她。他戴上帽子，在蒼蒼白髮上仔細調整，低頭望著矮他一小截的艾爾瑪。他扣上黑色外套鈕釦，緩慢眨眼，注意到兩名卡多人就站在自己正後方。

艾爾瑪說：「你知道這裡的陸軍不像紅河那裡的軍人，他們不會巡邏道路，我大可半路攔截帶走她，這點你是曉得的吧。不過我這人很公平，不耍陰招。你開個價吧。」

上尉說：「我沒想過要開多少價。」

「或只是還沒找到買主。」

「正是，我也沒找買主。」

「好吧，那考慮一下。我不是那麼吝嗇的人，只要是我要的東西，多少錢我都出。」

「是這樣嗎？」

基得上尉把點三八手槍留在旅店裡，若把手槍裝在讀報的三釦禮服大衣底下，恐怕太顯眼，而且重量不輕。也許這樣比較好，畢竟照他現在的感受來看，自己極可能衝動掏槍，當場射殺這個男人。要是他鋃鐺入獄，喬韓娜該何去何從？

「沒錯，我相信你找不到持相反意見的人。」

「我懶得去找，」基得上尉說，「不過那是當然。我希望你能保證那名小女孩受到妥善對待。」

「會比印第安人對待俘虜的方式好。」艾爾瑪說。他的嘴唇扯成一條詭譎的僵硬笑容。

「至少她還有錢可賺。金髮妞很優，可是上等貨。」

「那倒是。」上尉不動聲色地點頭。他的思緒像是狂奔的蒸汽機，思考著下一個鐘頭，思考著明天。他有多少彈藥？他們知道他要去哪裡嗎？若知道，他們曉得他要走哪條路嗎？

他說：「這樣吧，艾爾瑪，明早大約七點鐘，你到泰勒驛站旅館和我碰面。我們來協定價格，我今晚賺得不多，急需用錢。」

「很好。」艾爾瑪的眼皮似乎很重，他有著灰色眼珠、斯堪的那維亞人或俄羅斯人的慘白厚皮膚。他看起來彷彿半睡半醒，像是正夢著一個不是現實的世界，那個世界芬芳香甜、光線無法穿透照射。

□

上尉的手輕觸帽子，向門邊身穿藍色制服的美國陸軍中士行禮，現在已經很少人這麼做，接著匆匆離去。空氣潮濕，水珠在每個建築表面閃閃發亮，幾億顆圓珠在屋頂木瓦上凝結。他看見艾爾瑪與卡多人往北一拐，踏上三一街，揚長而去，方向正好和他在史丹蒙斯費里路的下榻旅店相反。

他快步穿越未鋪石子的道路，來到甘內特馬房，呼叫笨手笨腳的馬夫，接著幫花色母馬套上挽具，裝好車轅和馬軛，扣起拖鏈，最後將馬車轉向外側。他用這輩子最快的速度換好衣服，把公事包和錢袋扔上馬車，打包炒鍋裡的剩菜，然後把讀報穿的黑色正式衣裝和大衣掛在手臂上。他輕撫帕夏的頸部，抹掉牠眼睛的小污點，然後把牠繫在馬車後方。他留下錫桶，請馬夫幫忙歸還給小飯館。

他說：「我現在要去找甘內特太太，我們半個小時後清算結帳。」

「小時？」馬夫從毛毯裡坐起，他本來在空盪馬廄裡呼呼大睡，不知何故頭上繞綁著手帕，一只空酒瓶撞得地板哐噹作響。「半小時，要命趕的，大家半夜都不睡，跑來跑去。」語畢便一頭倒回稻草。

上尉在達拉斯的黯黑街道疾行，轉回史丹蒙斯費里路的旅店。幾個零星透出微弱燈光的窗戶，像是暗夜裡虎視眈眈的陰險眼睛。他直奔上樓回房，打包毛氈旅行袋，再舉起旅行袋衝至隔壁房門前，急促地用力拍門。

睡衣褶邊肯定有十公尺的甘內特太太打開門，她的深褐色頭髮沒有紮綁，他嗅到火柴的硫磺氣味，她剛剛才火速點亮煤燈。甘內特太太在睡衣外加了件森林綠色的睡袍，頭髮流瀉於背部和肩膀。她的嘴巴微張，背後的喬韓娜已經從床上坐起，完全清醒，方形雙腳穩穩站在地板上。

甘內特太太冷靜卻警覺地問：「上尉，怎麼了？」

「動作快，」他說，「我們今晚就要出發。」

□

踩上踏板前，上尉特地脫帽向甘內特太太致謝。艾爾瑪的話讓她忿忿不平、震驚萬分。她本來不知道艾爾瑪爲何許人，現在可知道了。她一手提著煤燈，燈光下雙眼炯炯發亮。她怒不可遏，生氣時的表情明豔動人，那一瞬間，上尉再也抵擋不住。他握住她強壯短小的手，她的手腕上掛著閃亮紅珠寶裝飾的銀鐲子。

「我希望回程時有拜訪妳的榮幸？」上尉微笑著說，「我想帶妳到三一街的河岸野餐。」

「最重要的是你要回來。」她說，「多多保重，我親愛的你。」

他略微躊躇，接著低下頭在她臉頰上輕輕一吻。

他們駕著馬車踏進深夜的街頭，她提著燈站在那裡，輕盈的乾草塵埃猶如螢火蟲，在她身邊緩緩飄落。

□

由於艾爾瑪和他的同夥可能預測他們會走西南方的梅里迪安路，上尉往南改走瓦薩哈奇路。稍晚夜裡他們即可以急轉至西方，回到梅里迪安路。他希望艾爾瑪和同夥要是無法在梅里迪安路找到新的車輪痕跡或看不見他們身影，就會折返原路，去其他地方找人。也許他和喬韓娜可以爭取到三、四個鐘頭，拉大距離。

他們快馬加鞭進入達拉斯東南方的連綿山脈，這是布朗伍德山。天光破曉前，他們應該就會抵達被布拉索斯河切割成峽谷及陡峭紅石斷崖的鄉間，那裡到處都是未經砍伐的櫟樹，有的樹木甚至和磨石一般粗大。他打算黎明前抵達河川，離開主要道路，上山觀察追逐他們的敵人。賄賂馬夫、套出訊息不太費工夫，而且那男人是酒鬼，酒鬼最好下手。

雨已經停了，於是他們好整以暇地緩步前進。雲朵降下的絲絲雨水沖刷洗滌了天空，盈凸月彷彿正在撤退。眼前的道路模糊，景物迷濛，他們看不清遠方，月光下難辨距離。上尉想在黎明前，盡可能拉開和艾爾瑪及卡多人之間的距離。

上尉並不反對對戰，問題是他攜帶的武器很有限。他取出左輪手槍，槍托朝向前方，塞進右側褲頭腰帶。他需要槍套。霰彈槍是十二鉛徑的栓式槍機，一次只能發射一發子彈，而他只有鳥彈，左輪手槍子彈則只剩一盒，他心想子彈應該總共將近二十發，他們剛到達拉斯時，完全沒有購買另一盒子彈或槍套的預算，而現在小鎮夜深人靜，仍在外頭晃蕩的，都不是他希望接觸的人物。

霰彈槍縱向擺在擋泥板下方，就在上尉腳邊。這把槍已經上膛，保險很小，讓他不免擔心起來。鬆脫的保險太容易滑動，要是他不夠謹慎，可能連槍都還沒拿穩，就先射到其中一匹馬。

這天是三月五日，天氣料峭凜冽，上尉吐出來的氣息冒著煙霧，他的老舊圍巾沾滿熱氣而顯得潮濕。頭頂和身後的北斗七星轉動著勺柄，彷彿正一把將黑夜傾倒入沉沉夢鄉的大陸，七顆星在反覆無常的雲朵間一閃一爍。幾個鐘頭後，他發現一條通往西部的軌道，兩個鐘頭不到，他們已經踏上梅里迪安路。這個鄉村僅有零星聚落，偶爾才有警察查哨，印第安人殺出北方，跑到村莊突襲是已知的事實。他們繼續前進。

小女孩坐在後方馬車車斗，渾身包裹著黑紅相間的墨西哥斗篷。他想不到該怎麼向她解釋情況，但她也不需要解釋。她的家人和部落曾與世仇猶他族及卡多人對戰，也曾和德州開拓者和德州騎警進行長期游擊戰，後來更碰到美國陸軍。遼闊的大平原上，他們還得時常面對鍥而不捨的強橫惡魔：饑餓、龍捲風、猩紅熱。除了告訴她敵人正在背後追逐他們，她並不需要說明，況且她也早有察覺。

眼前的道路開闊，蒼白月色裡，兩道車輪痕跡在德州中部的茫茫大草原波浪裡起起伏伏。他們行經一座藏在樹林裡的農舍，農場建物像是正在打盹的龐然生物，黑夜圍繞著農舍。窗裡閃著光線，有人正在等著誰。帕夏嗅著空氣，想看是否能聞到母馬氣息，要是察覺有母馬，牠肯定會發出嘶叫，做出牠無法兌現的承諾，不過牠只聞到一頭驢子和閹馬的氣味，於是心平氣和地快步前進。所到之處都是星毛櫟矮林，它們高舉著歪七扭八的樹枝，蒼褐樹葉發出沙沙聲響。淒清夜晚的空氣裡，有個快疾的影子嘶嘶地從他們面前一閃而逝。

小女孩大叫出來：「Sau-Podle！」她身體往前一彎，紅色羊毛蓋住鼻子周遭，彷彿不敢吸入空氣。Sau-podle專門傳遞死訊，這裡很快會有人死去。牠拖著鼓漲兒童燈籠褲般的胖腿，猶如一把刀鋒劃過空氣。

「是大鵰鴞。」上尉說，「別管牠，喬韓娜。把牠當成夜鷹就好。」

第十一章

天光才剛破曉，上尉和喬韓娜距布拉索斯河僅剩約一點六公里。他們繼續前進，來到沿著北岸綿延的一條小路，接著到達他印象中叫作凱雷泉的地方。泉水順著紅砂岩峭壁滾滾湧進深谷，再流入布拉索斯河。流瀉而下的泉水波光粼粼，晶瑩清澈的溪水躍動，流進一個接著一個的水池。上尉抬頭觀察，發現了一條可以登上高處的路徑，路上有條淺淺的馬車車轍，順著山坡蜿蜒而上。

他引領芬西從小路走到一條登山小徑，行進九十公尺後，他不得不跳下馬車，帶著這匹母馬穿越紅叢茶藨子和新生尖刺、底部出現開口的櫟樹林，但他一心只想著：「快找掩護，快找掩護。」上尉覺得自己背後拖曳著全世界的重量，芬西和小女孩在駕駛座顛簸著，帕夏則在後方攀爬前進。濕氣逼人，萬物皆被露水沾得濕漉漉，沒多久他膝蓋以下已經濕透。

抵達山頂後，他找到唯一可以歇腳的平地，那裡有樹木和漆樹灌林叢，可以提供庇護。還有樹墩，有人曾在這裡砍伐製作柵欄柱的樹木。上尉佇立於一個有著雉堞、猶如望樓般堅實的層狀紅砂岩上，他可以從這裡俯視腳下小路。

他雙手撐著膝蓋彎下腰，放鬆背部肌肉。徹夜長途跋涉讓他渾身僵硬，這裡痠那裡痛。他挺直並轉過身體，將手裡的打包培根交給她。喬韓娜從上尉手裡接過培根，放下後擋板，再把培根放在後擋板上。

「我煮飯！」她對他露出微笑，遞給他一顆奶油蛋白軟糖。「馬房太太人好，」她說，「吃，沙——尉。」她的臉蛋就像蘋果般圓潤。

他回她一抹笑容：「對，她人非常好。」他吃了那顆軟糖，糖分瞬間在血流裡竄升。他脫下帽子，用手指順過一頭白髮。晨風吹拂著他並未扣好的大衣，他在各個口袋裡摸索尋找菸斗。

小女孩用裙襬攏起她收集到的乾木材，似乎很開心發現裙子竟然有作用。他遞給她銀製火柴盒，她為小爐灶生火，並用屠刀俐落專業地切割培根肉，自顧自地哼起歌。對她來說，這才是生活，這種生活何等美妙，沒有屋簷，也沒有街道。她洗好不久、隨性以髮帶綁起的太妃糖色澤髮絲在微風中飄揚，她不時抬頭觀望周遭櫟樹，聆聽是否有敵人動靜，確認沒事後，再繼續把燻肉扔上長柄平底煎鍋。

上尉將菸草填入高嶺土菸斗。現在他繼續平淡寫意地過著流浪生活，依舊朗讀世界新聞，期望讀報能對世界有所貢獻，可是到頭來還是得在腰間佩帶武器，還有一個需要他保護的孩子，任何印刷刊物的故事或文字都無法改變這一點。他思忖著那幾個肯定還在追蹤他們的人，想到菸味可傳千里，甚至遠遠超過煎肉的煙霧；再三考慮後，他放下菸斗。

他卸下芬西的挽具，將牠綁在帕夏旁，用一把稻草刷擦拭牠們的身體。如果上尉和喬韓娜得逃命，最好騎馬，而不是搭乘馬車。不過，他原本要拆掉馬鞍和毛毯的手停了下來。時候還沒到。他在一堆大頭釘裡找到了帕夏的轡勒，於是晾在車輪上方，以備不時之需。

他套上後腳跟內縮的馬靴，裝好靴刺，然後插入固定栓釦，好讓靴刺不會發出聲響。他從口袋裡取出金錶、幾枚一美分硬幣和小刀，然後把東西擺在後擋板上。他不希望身上帶著會叮噹作響、引起注意的東西。他取出左輪手槍，再次確認每個膛室都已塡滿，接著重新塞回腰帶，二十公分的槍管讓他有種扛著斧頭把柄的錯覺。白翅哀鴿棲息在櫟樹樹梢，粉色鳥腳左右切換，頭部上下擺動，發出咕咕低喃，牠們想下泉水，卻不禁害怕。

上尉希望走回小路，勘查是否可以從底下看見部分馬車車體，他猜測車頂板應該已經露餡，他不知道艾爾瑪和他的同夥最快何時從達拉斯出發，大概上午七點半至八點發現他沒有依約出現在泰勒驛站旅館，就會出發了吧。要是他們在梅里迪安路上沒發現車輪痕跡，希望壞人會自行折回瓦薩哈奇路，繼續走這條路。要是上尉走運，敵人就會在遙遠的東邊，狼狽地沿途吶喊：「他們究竟在哪裡？到底跑哪去了？」不多久想通了，才快馬加鞭追趕上來。

後來他還是沒下山，畢竟他們很可能在山腳下將徒步行走的他逮個正著，爬回馬車的路途又遙遠，布滿碎石。上尉腹部貼地，監視著道路。雙線道路是紅土路，中央隔著一長排毛蕊花和印度草，他能透過樹木看見兩段範圍，一段約距離八百公尺，另一段較短。

他揉了揉疲倦的雙眼，又繼續站崗。日光逐漸明亮，上尉覺得似乎看見馬尾的搖晃和反射甩動，鴿子不再吭聲。他「嗯」了一聲，爬回馬車座位，從馬車望出去，視野更顯開闊。

這天氣溫大約攝氏十度，帶著水氣的稀薄陽光照耀得腳下鄉間一片砲銅光澤。樹木覆蓋的起伏山脊如波浪將小山遠遠分隔開，小山彼此彷彿在土地的石頭底部上，越漂越遠，松木覆蓋的小山水平線上，濃厚翻騰的煙霧冉冉升上天空。有人正在五、六公里外焚燒沼澤低地或殘株。

爆裂管子和飛散煤塊忽地發出高音，小爐灶應聲爆炸，長柄平底煎鍋蓋子被拋飛至半空，高高飛越滾燙濺飛的油脂，接著傳來另一陣震耳欲聾的「砰」聲，培根及咖啡被彈飛至空中。

小女孩不到一秒即已機靈地躲到馬車底下，上尉則從座椅側邊滑下馬車，以身體左側落地，這比起身爬下更安全快速。他倉促爬到馬車底下，對方發射另一輪子彈，擊中了他頭頂的側板，碎片在空中飛濺。他頓時想到麵粉木桶裡的點三八口徑彈藥。

他們不會殺死馬，也不會冒險置小女孩於死地。他以手肘撐起身體，比出一個要她放心的手勢。她的腹部平貼在地，側過臉望向他那老鷹般有稜有角的蒼老臉龐。他們躺在岩石和小叢紅叢茶藨子中間，一隻蜥蜴沿著烏漆鋸齒狀的路線倉皇逃竄。他們從深谷朝上開槍，而且武器包括步槍。

上尉自馬車底下爬到冠岩邊，發現冠岩上面出現一道凹痕。他掏出左輪手槍。一發子彈從右側另一個方位飛了過來，這兩發子彈都來自右側，那第三人在哪？他往手掌心吐了一口唾液，抹上左輪手槍槍管，再灑上塵土。儘管長槍管的史密斯威森手槍精準，卻不比步槍來得準，再說射程也不足。敵人的步槍射擊距離超過一百八十公尺，他們大可守在射程外，長時間對他疲勞轟炸。

霰彈槍只適合近距離射擊，他只有十五發輕巧的七號霰彈，這種子彈也稱爲火雞彈或獵鴿彈，除非是面對面直接拿槍射擊對方，否則不具殺傷力，效果最多只像是往對方臉上撒胡椒，頂多留下永久性刺青。但要是眞的遇到這種狀況，他的贏面幾乎是零。霰彈盒裡有火藥、火帽、彈殼，可以製作更多霰彈，但最好有用。他一動也不動地躺著，感覺到腹部一陣忐忑震顫，爲了自己，也爲小女孩感到恐懼。救命。

他轉頭發現喬韓娜正朝他爬了過來，手中拿著裝著點三八彈藥的盒子。她已經從麵粉木桶裡取出彈盒，彈盒表面沾滿麵粉，她的手也是。

他接過彈盒，一手嚴厲地指向馬車，她扭動著回到原位。

這不是第一次有人試圖殺他，但過去至少算得上是公平競爭。從那兩發步槍子彈的聲音判斷，他覺得對方拿的可能是亨利步槍，斯賓塞步槍的射擊聲比較像是低沉怒吼，不過也可能和他們使用的彈藥有關。彈藥在雪松間咆哮飛梭，乘著山腳下凝滯的空氣，飄來一絡絡輕煙。他口乾舌燥，徹夜舟車勞頓讓他精疲力竭，雲朵光線四散，很難看清周遭景物。

他沒料到他們會這麼快就動手，本以爲他們至少會先追上來，怒氣沖沖飆罵一頓、恐嚇脅迫，開出一個價格，甚至可能自稱是小女孩的親戚。他在腦海中看見自己用史密斯威森的長槍管指著對方的臉，說：「給我滾，否則我轟爆你腦門。」但事到如今，這已經不可能發生，人類的掠奪行爲和墮落本性依舊教他詫異，沒料到會是這種局面。

小女孩躲在馬車底下，豎起耳朵聆聽動靜。她抬起雙手，將長髮紮成辮子，並撕扯下裙襬的蕾絲邊綁好頭髮。她倒是不詫異，一點也不。

他躲在掩護他們的冠岩後方，靜臥在粉碎岩石和藍綠色紅叢茶蔍子間靜候良機。他和喬韓娜躲藏的地面位置較高，背部大剌剌暴露於草木繁茂的山坡地，但山坡地足足在四百公尺外，艾爾瑪與卡多人從下面攻擊，從那個角度往上看，馬車肯定只露出一小角。他耐著性子等待，襲來的風寒意逼人。

他聽見遠方傳來另一把亨利步槍的槓桿式槍機聲響，底下飄來一縷彈藥輕煙，來自深谷右側紅岩斜長扶壁後方；而下一秒他就聽見一聲尖銳低沉的碎裂，馬車再次中彈。碎片被炸飛到半空中，在他身邊如同雨滴落下，帕夏猛力往後一扯，全身重量都壓在籠頭繩索上，無奈籠頭繩索並未斷裂，於是牠又站起來。幸好子彈沒有擊中牠。芬西的決心比帕夏堅定，扯掉籠頭繩索，一股腦兒衝向樹林，可是某樣東西絆住了牠，讓牠戛然止步。

上尉還在等待另一人，也有可能是兩個人的動作，他想知道對方是否全員配備步槍。左輪手槍彈藥得省著點用，即使敵人已經近在眼前，他仍得抓好開火時機。他的腎上腺素正急速狂飆，得稍微閉眼、冷靜下來，接著一發點四五柯特子彈彷如鎚頭，擊中他的右側，這發子彈大約自一百八十公分外發射，不多久上尉就聽見砲口爆震聲。他沒有轉過頭，卻仍留意著煙霧從哪裡升起。底下遙遠深谷右側飄來煙霧，對方使用的是三號子彈。這發子彈並沒有步槍低沉尖銳的咆哮，可想而知是左輪手槍。他們以縱隊隊形，從一側爬上了山。蠢蛋，實在太自以爲是，他們面對的只是老人和小女孩。

就某方面來說，他並不介意壯烈犧牲。活到七十一歲也夠長壽了，但問題是他不能放下喬韓娜不顧。

三月初溫潤稀薄的朝陽灑下無影日光，並未映照出太多倒影。對方又擊出另一發子彈，這次削去他左側一小塊深黑密實石灰岩，他沒有閃躲，也沒瞥向那個方位，只是搜尋煙霧的方向。

他看見了，是同一把步槍。對方共有兩把步槍，這就是他們擁有的武器。第三個男人是多出來的，使用和他一樣的左輪手槍，硬著頭皮應戰。

接下來他看見其中一個男人跳出鏽紅色岩石扶壁背面，朝另一面扶壁直奔而去，他手裡握著步槍，打算跨越深谷抵達另一側。上尉朝他連開三槍，削去男人周遭的石塊，擊中的腐爛雪松葉堆和漆樹樹葉猶如小耳朵，在半空中飛散。是其中一個卡多人，他們想布署兩排砲火圍堵他，上尉左側有把步槍，右側則是步槍加上手槍。

他的視線迅速掃向卡多人，卡多人的左手戴著厚重的皮革手套。他猜對了，他們的武器確實是亨利步槍。亨利步槍沒有彈匣護木，所以得戴上手套才能握持熾熱槍管和管式彈匣。又來了一發子彈。他等著看步槍槍管的光從左側閃現，然後在左輪手槍的射程內看見光芒，這時他連開兩槍，聽見一聲嘶吼，一把步槍拋飛出去，卡在兩塊岩石中央。

打中了，至少射飛了對方手裡的步槍，現在這個笨蛋會回去取槍。

他瞄準，耐著性子等候，他敢說這個卡多人肯定會回頭找他寶貝昂貴的步槍。這傢伙，還不快去。他瞥見帽子頂端突出深谷的另一側，他才沒那麼笨，帽子肯定只是架在樹枝上的誘餌。

「喬韓娜，快回來！」

小女孩充耳不聞，她沿著冠岩徐徐移到他的右手邊。喬韓娜在碩大扁平的紅砂岩間來回閃躲，徒手扶著冰冷無情的岩石穩住身形，不時探頭查看，再躲回岩石後方。她一手握住鍋蓋把，並開始扳動鍋蓋把，把它撬進一片平坦石板的底部。她已在兩腿間收攏裙襬後緣，並將裙襬塞進身前的精美腰帶中，很像是穿了件大號土耳其寬褲。喬韓娜依舊赤腳，她這模樣像是他曾見過的版畫，畫裡的索卡西亞小孩衣衫襤褸、扛著子彈帶，在朋土斯地區對抗俄羅斯士兵。他一眼就看出這絕非她第一場槍戰。「*Mao sap-he*，」她說，「卡多人，穿鼻環的印第安人。必死無疑。」她不管他是否聽懂她說什麼，但她一定得說出「必死無疑」。

上尉轉過身，回到岩石凹槽，透過左邊樹葉縫隙看見閃現的黑髮，這名卡多人正在底下深谷的岩石之間移動，回頭尋找步槍。上尉再次開火，對方先發出一聲嘶吼，之後傳出嗚咽。有一個人受傷了，至於傷得多重，上尉無從得知。汗水從他的帽子底下滲出，從破舊防汗帶流進雙眼，他用兩邊肩膀迅速抹乾汗水，這時不可思議地發現得重新裝彈，他沒想到已經射了那麼多發，自己雙手沾滿彈盒表面上的麵粉。

喬韓娜還在把鍋蓋把撬進石板底部。他驚訝地看著她將石板傾斜倒置，滾起石板，接著石板開始滾動，猶如順著邊緣滾動的平坦盤子，一蹦一跳地跳下坡，在突出的大圓石上砸成兩半，並打中某人、粉碎成屑。立刻傳來一陣沉痛哀嚎，聽起來幾乎像咕噥，然後一個男人跌出躲藏的地點，連續翻滾了好幾圈。

「妳棒呆了，」他說，「眞是壞孩子！」他大笑出來，也管不著彈藥有限，朝對方連番開火，卻忍不住氣惱，明明對方近在眼前，他卻無論如何都射不中。接著對方就消失了。

第十二章

他只剩二十發子彈。上尉掀開彈筒，重新裝塡子彈。

她回來時，他對她露出微笑，說：「妳實在太厲害了。」

她嚴肅地點了下頭表示收到，接著注意力又轉回敵人身上。

另一陣步槍掃射猶如爆炸，粉碎了他正前方的石塊。他低頭躲避飛濺碎石，頓時感到一陣竄上頭顱的痛楚，是神經痛。在那瞬間，上尉的右眼視線模糊，他連忙抹了下眼睛，視線清晰後再開始搜尋煙霧，接下來看見右方再度飄出煙霧，可能是她開槍擊中敵人。流進河谷的溪水潺潺，彷如玻璃閃爍著光芒。上尉再次抹了下眼睛，低頭望著自己的手，發現鮮血沾濕了手，原來是一小塊飛濺石屑擊中他的右眼，他以爲過一下子就會止血。他絕對不能倒，絕對不能死，因爲他知道他們會對她幹出什麼好事。有些人生來就泯滅人性、嗜好殺戮。

他試著猜測敵方的負傷狀態，他可能將亨利步槍射彈至對方遍尋不著的地方，左側那人可能中彈，至於多嚴重，則不得而知。喬韓娜朝另一個敵人滾下石頭時，也成功擊中對方。

他低垂著頭靠在手指關節上，襯衫血跡斑斑。他努力思考自己有哪些選擇。他們可以冒險衝出去共乘帕夏，鬆綁芬西，牠會自己跟上來。如果他們離艾爾瑪和那幫卡多人夠遠，他就有足夠時間協助她爬上芬西的馬背，不過可愛的芬西行動緩慢，左腳不協調，極可能摔跤。他們也可以嘗試抵達冒出煙霧的遙遠地平線。

喬韓娜匍匐前進，將皮革水壺交給他，上尉翻過背仰躺，水傾倒而下，幾滴水流淌出他嘴角兩側，他蓋好水壺蓋。艾爾瑪和他的邪惡下屬有生生不息的河谷泉水，而他和喬韓娜卻僅有這只水壺。他把水壺遞還給她。

他繼續於事無補地懊悔，當初怎麼不多帶一點彈藥，怎麼不多買些備用，追根究柢還不是因爲他們選在大半夜離開達拉斯，這就是原因。

這時女孩遞給他一塊濕布，他接過去擦拭額頭和眼睛，幸好受傷的是右眼，因爲他都靠左眼瞄準。雖然傷口很淺，但石屑似乎擊中某條神經，導致他整片頭皮刺痛發麻。無所謂，至少他現在兩眼都看得見，視線十分清晰，河谷底下那幾隻禽獸恐怕以爲他年老眼花吧。唉呀呀，怎樣，想不到吧。他翻過身以腹部貼地，經過這一陣沉寂，好奇心恐怕正呑噬著他們。接著上尉在他左輪手槍的射擊範圍內，瞥見一把步槍槍膛的光影，於是將二十公分長的槍管擺上凹痕，小心翼翼地開槍，接著心滿意足地聽見另一陣痛苦哀號。

她說：「沙尉。」

他望進她憂慮的深藍雙眼，「親愛的，我們面對現實吧。」

他彈開左輪手槍的彈巢，手心一轉，讓她看裡頭已空無子彈，另一手則握著僅存的十四發子彈。

她伸手去拿霰彈槍，然後凝視著他。

「不好，別這麼做。」他說，讓她看其中一顆彈殼，除了輕巧的七號鳥彈，別無他物，這些鳥彈甚至射不了太遠。他指指帕夏，再指指她，他的坐騎害怕到像瓷器玩偶般渾身僵硬，雙耳朝河谷方向僵直垂下。這匹馬或許不易駕馭，但大草原印第安人擅長騎馬，連小孩都會騎馬，而且很在行。

「快走，」他比出走開的手勢，說，「走啊。」

他心意已決，面色嚴肅，不帶一絲笑意。

他們在呼喚他，想要談判。

「*Haina, haina.*」不，她不走。

「快騎馬離開。」他說。他身子往後一側，一把捉起帕夏晾在前輪輞的韁勒，然後遞給她。上尉知道底下有兩人受傷，所以她成功脫逃的機率很高。「該死，還不快走。」

「*Haina.*」

他頓時感到疲累不堪。他不可能照顧她，同時對付敵人，最後十四發子彈在他手心發出哐噹聲響，他再度緊貼著岩石邊緣匍匐前進，找到凹槽後在彈筒裝好子彈，嘗試朝躲在右側拱壁後的艾爾瑪連擊發射，卻平白浪費了三發子彈。這時一名卡多人現身，迅速朝河谷逃竄，然後躲起來，害上尉又徒然浪費兩發子彈。誤判和體力下滑都是害他節節慘敗的主因，唯一的好消息就是這名卡多人的手流血了。

「喬韓娜，快騎馬離開。」

在短暫的一瞬間，他的頭垂向前臂，再抬起頭時，前臂印著眼窩的血痕印子。小女孩已經跑到別處。他將濕布壓上眉毛，詭異的神經痛再次從頭顱閃過，接著他看見她匍匐爬向他，一手拿著霰彈槍，另一手握著彈盒，她不知何時在彈盒上多放了一袋硬幣，推著彈盒前進。喬韓娜渾身泥濘，他心想自己應該也差不了多少。她把那袋硬幣推向他，手指一指下方河谷。

「喬韓娜，他們不會被收買的。」他說，輕拍她的胳膊。她披頭散髮，紛亂髮辮垂落在那張年輕稚氣的臉龐。他說：「他們是不會被賄賂的，硬幣也無法讓他們乖乖走人。」他望入她焦慮不安的湛藍雙眼，一個可怕的想法湧上心頭，上尉感覺他的雙眼滲出淚水抑或汗水。他不能讓她落入他們的手掌心，想都別想。他只剩八發子彈，六顆在彈筒中，兩顆握在手裡，他說：「親愛的，這招沒用的。」

她把霰彈槍推向他。

他搖頭，「這把槍沒用。」他打開一只彈殼，在手掌裡倒出小鉛製彈珠給她看。

左側又飛來一枚子彈，這枚子彈擊中馬車轅桿周遭，看來卡多人已經取回步槍，重啓攻勢，無論有無受傷，煙霧都說明了這名卡多人已爬到四十五公尺外的高處，如果他攀爬到他們頭頂的位置，朝他們開槍，那麻煩眞的大了，上尉四處搜尋卡多人身影，瞥見閃亮黑髮閃逝而過。

他感覺到喬韓娜在拉扯他的衣袖，於是他低下頭。

她高舉其中一顆霰彈。

霰彈裡裝滿一角硬幣。

他盯著躺在喬韓娜手掌心中的霰彈。

另一輪子彈擊中他正前方的石頭，但上尉照樣伸手取過彈殼。他沒有閃躲，只是跳了一下，接著又躺回原來位置，他掂了掂霰彈。硬幣已經完美塡塞入二十顆霰彈規格的紙管。

「啊呀，眞是沒想到。」

彈殼十分沉重，他望著火帽。喬韓娜塡入火帽，他觀看著她操作拇指槓桿，一口氣塡入二十顆火藥粒，一、二、三、四，總共八十顆火藥粒，對這把老式霰彈槍來說，重量可不輕。上尉單手拋接塡滿一角硬幣的霰彈，露出微笑。

「這太棒了。」他說，笑了出來。一個十歲大的野外求生高手。有了一角硬幣和火藥的重量加身，霰彈槍儼然成爲某種小型火砲，不僅如此，沉重火藥能飛得更快更遠，射擊範圍甚至能達到近一百八十公尺。

他嘴角無法抑制地上揚，「天啊，天啊。」他說。他們有機會全身而退，局勢大逆轉。

「好孩子，喬韓娜，這才是好孩子，」他說，「我親愛的小戰士。」

他沒注意到他渾身散發著繩狀火藥的臭氣，也沒發現喬韓娜雙手沾滿白色火藥粉末，兩人全身都覆蓋著布拉索斯的紅土，上尉發現他在那一刹那疲憊全消，喬韓娜回了他一個微笑，露出耀眼的小小牙齒。這時上尉高舉一手：等等。她點頭。

首先得思考欺敵戰略。他取出一枚獵鴿霰彈，裝進老式霰彈槍，將槍管擺在冠岩的凹穴中。他看見她繼續替其他霰彈塡入一角硬幣，用棍子塞好塡料，從老式彈簧塡彈條倒出裝藥，再塞入另一個塡料，最後穩穩地旋轉固定彈殼。

他朝河谷開火，聽見七號獵鴿彈擊中石頭，發出無害的叮噹聲響。

底下傳來艾爾瑪的狂笑，他嚷嚷：「你就這點本事？」

「有種靠近一點，試試看啊，王八蛋，」上尉喊回去。

「我好害怕哦，你對我發射蛋糕裝飾物耶。」艾爾瑪呼喊回道。

「那你怎麼不過來。」上尉叫囂。

他很好奇卡多人上哪兒去了，希望是去包紮療傷，最好是在流血等死。他又裝入七號子彈，上膛開火，子彈彷彿打了個噴嚏般地噴出罌粟籽般的細小碎片。他目光瞥向喬韓娜，她正忙著將更多一角硬幣塞入彈殼。

「你聽我說。」艾爾瑪說，他還躲在石頭扶壁後。

上尉呼喊：「我好像也無法不聽吧。」

「你應該是談條件的高手，這不是你第一次面對圍捕行動吧。」

艾瑪爾覺得自己勝券在握，大可不必談條件。談判只是爲了除掉我這個眼中釘，然後帶走喬韓娜和我的馬，再放一把火燒掉馬車，畢竟這馬車實在太好認。「療癒礦物溫泉水」。他想靠近點幹掉我，同時保住喬韓娜，現在他還不確定自己能否瞄準目標，朝上坡處開火，從這種高度射擊向來不容易。

他轉開槍栓，瀰漫煙霧的老彈殼彈出，她接住彈殼。上尉將她裝好的一角硬幣霰彈裝上後膛，這等重量應該至少能讓他射出約一百五十公尺遠的子彈。上尉將槍管擱於凹穴上。

「你要開什麼條件給我？」他呼喊。

「很合理！我可以開給你合理條件。」

「上來吧，我們談談。」

這金髮男子把帽子探出扶壁邊緣，帽上有個孔洞。「上尉，」他說，「你居然朝我的頭開槍，就是這裡，實在太惡劣了，我們得好好談一下。」

「那又怎樣？」

「聽我說。」艾爾瑪說。

「這句話你說過了，少廢話。」

「現在我們來談條件。」

他在拖延什麼？上尉知道他唯一的用意就是讓自己繼續說話，好讓卡多人有爬上來的時間。在他左側不遠處，有一些沙子和岩石濺落到谷底。

「你說，」上尉說，「少在那裡該死地拖延時間，我最不屑拖拖拉拉。」

現在艾爾瑪已經得知上尉的霰彈槍射擊範圍和獵鴿彈，他自信滿滿地從岩石扶壁後走出來。他也知道上尉已耗盡左輪手槍彈藥，上尉明顯沒再用左輪手槍，也被逼到狗急跳牆，改用霰彈槍和輕如胡椒的彈藥。艾爾瑪從河谷中爬上來，凱雷泉水沖刷剝除了數層紅色砂岩層，露出下方猶如大理石的堅硬地層，潔白而平坦，就像爬下河谷的不規則台階；地層經過萬古千年，也許自諾亞的年代就開始雕琢。艾爾瑪一手握著帽子，踏上長長台階，穿著及膝靴的腳踩踏上一階階石階，汗水浸濡的頭髮顯得黝黑，他們是拚了命騎馬才趕上上尉和喬韓娜。

「我說，」艾爾瑪嚷嚷，「你先放下霰彈槍，我會叫我的人清空彈匣，我們好好談。」距離只剩一百八十公尺了，再靠近一點。*來啊，來啊。*

「當然，說話的同時我會放下槍。」

上尉審慎瞄準，他不確定硬幣或分外沉重的火藥有何能耐，於是先瞄準艾爾瑪敞開的V字衣領，扣下扳機。

一角硬幣以每秒一百八十公尺的速度轟然射出槍口，噴發出長達六十公分的槍口焰。槍火煙霧擴散成濃厚雲霧，後座力導致槍托猛烈撞上上尉肩膀，差點害他脫臼。他用美國鑄造的一角硬幣擊中艾爾瑪額頭，硬幣飛出紙管的同時轉側，他的頭像是瞬間被印上一串連字號。接著連字號開始滲出鮮血，艾爾瑪腳步往後一個踉蹌，頭部朝山下一仰，接著上尉便只看得見他的靴底。

他把帽子摘下夾在槍托和肩膀間，頭也沒回地伸出一隻手，小女孩將裝滿一角硬幣的霰彈塞入他的手心，他裝好霰彈，槍栓拉動到底發射，眼見卡多人倉皇逃竄。他繼續發射出一陣猶如砲擊的怒號，銀幣呼嘯飛梭過半空的速度快到肉眼看不見，噴出花火在河谷四處彈跳。超載的十二鉛徑霰彈槍咆哮聲，彷若手榴彈爆破的聲響。一角硬幣側邊擊中受傷的卡多人背部，飛撒閃耀的錢幣撕裂了低矮樹木、削落櫟樹的樹枝和葉片，並啪地在石頭上彈跳，然後從後方削切卡多人頭頂，他下意識地轉身想要反擊，上尉趁勢再次開火。充滿破壞力的銀色亮片側邊削切他們寬鬆的襯衫袖子，在帽子上打出濾器般的洞孔。

「老天，我敢說射程範圍有二百二十公尺。」上尉說。

最後他背部往紅岩望樓一靠，神經就像保險絲般發熱，已經感覺不到疲倦。我解決他們了，我辦到了，我們辦到了。

她又遞出一顆霰彈，笑了出來，臉上盈滿笑意。

「不用了，親愛的。」他深吸了一口氣，眉毛依舊痛楚，「我們還需要購買生活用品的錢。」

他背靠著岩石慢慢呼吸，喬韓娜一躍而起，站得像柳條一樣直挺挺的，她仰起臉龐面向太陽，開始拉高嗓音吟誦，一綹綹裹著粉末的粗厚太妃糖色髮絲隨風飄揚。她握著屠刀，刀刃高舉在頭頂，開始唱起：「嘿，嘿，*Chal an aun!*」敵人在他們抵達前已經逃之夭夭，驚慌失措，心臟脆弱，雙手無力。「嘿，嘿，嘿！我的敵人已被送上西天，已被送往深藍國度，那裡不會有水。嘿，嘿，嘿！*Coi-guu Khoe-duuey*！」

「我們堅韌強悍，我們是凱奧瓦人！」

底下的卡多人聽見凱奧瓦的勝利之歌，那首生剝敵人頭皮之歌，立刻落荒而逃，俯衝到河水流入布拉索斯的河谷底端，完全沒停下腳步填滿水壺。

她攀上岩石邊緣，裙子和襯裙塞進土耳其寬褲裡，高高舉起屠刀。上尉追上她、逮住她的裙腳時，她已經走到半途。

她正打算去剝艾爾瑪的頭皮。

「不，親愛的，我們不要……不這麼做。」他說。

「*Haain-a*？」

「不，絕對不可，不，我們不剝頭皮。」他抬起她，一個動作將她晃上突出的岩石，然後跟在她背後。他說：「這樣做很沒禮貌。」

第十三章

他重新爲馬兒套上挽具，然後收拾所有擺在後擋板上的小物品，關上後擋板。他得盡快找地方橫渡布拉索斯河。下坡時，上尉要不斷地踩煞車。因爲坡度傾斜，轅桿在芬西肩膀周圍拱起，制動墊木在輪軸上刮擦出尖銳聲響。最後馬車車斗上的東西全擠在駕駛座後方，喬韓娜和工具、糧食與被毯也擠成一團，她手裡還握著左輪手槍。雖然他已經清空子彈，可是她似乎覺得拿著比較開心。他們精神緊繃又渾身髒兮兮，看起來像是從樹幹節眼裡被拖出來。下坡時，馬車一頭俯衝過紅岩和僵直灌木叢中間，他祈禱著橫拉桿不會損壞，裂開的鐵輪能繼續撐住。

他們安全抵達平地道路，所有物品和馬都還健在。

上尉的神經像是風中電報般發出嗡鳴，他知道不用多久自己就會不支倒地。他搜尋每一片櫟樹樹林，一抵達布拉索斯河，他便開始在遍布長山核桃樹的平地尋覓陰影處。道路沿著河水北邊綿延，這條路順服地迴避河岸和隆起的高處，蜿蜒穿越長山核桃樹，從未開闢出屬於自己的路。他們前進的同時，上尉搜尋著前方每個道路堤岸，若有必要，他已做好隨時開槍的心理準備。爲了喬韓娜，他得冷靜下來，表現得平靜自持。卡多人會埋了艾爾瑪，用一堆石子堆起墳塚，之後再悄悄溜回奧克拉荷馬州。有一天會有人發現這堆骨骸，好奇是誰的骨頭。艾爾瑪再也無法經營雛妓事業，他的腦袋被國幣轟炸成碎片，嘿嘿嘿。上尉的內心總算獲得平撫。

當晚他爲額頭上的傷口塗抹止血灰粉，接下來倒頭睡死，大戰後常找上他的戰爭惡夢沒有找上門，夢魇並未打擾清夢，也許是去找別人了，也或許這一晚它們沒有糾纏他的意思。

他醒來時，發現自己躺在長山核桃樹底下乾淨整齊的營地，頭頂上聳入雲霄的樹木。他聽見附近傳來了流進布拉索斯河的潺潺小溪聲，接著是小小的長山核桃嫩葉在微風裡擺動的沙沙聲，然後是喬韓娜的大喊：「吃！你現在吃！」小母馬低頭吃草時，鈴噹叮噹作響。他從她手裡接過餐盤，小心翼翼地吃了起來。爐灶的小煙囪冒出青藍煙霧，低低飄送。他們平安無恙，他和小女孩都還活著。他們正在長山核桃樹林間享用一頓悠閒早餐，新葉猶如蔭綠小點，葉影悠悠在他們和「療癒礦物溫泉水」的金色字樣上頭來回游移，映照出圓點。

他一隻手扶著右邊眉毛，傷口略微腫脹，不過沒事。他雖然可以像年輕人一樣瞬間爆發，但總要更長的時間才能恢復體力。他一定得恢復體力，前方還有一段不算短的路。

馬兒和他一樣需要休息和照顧，他得教會喬韓娜這件事。大平原印第安人不會花心思照料馬，他們讓馬兒日夜操勞，最後當作晚餐煮了吃掉。他俯身檢查芬西和帕夏的腿，看看是否有腫脹跡象，但幸好牠們沒事。上一次幫牠們釘蹄鐵是在鮑伊時，看來很快就得替換新的了。他略顯吃力地站起身，幾乎可以聽見打直脊椎骨時關節發出的聲響。

他坐在毛氈旅行袋上，倚著一個車輪，思緒又被拉回那場槍戰。他凝視著帕夏吃草，喝著黑咖啡、抽著菸斗，想要藉此忘卻那場對戰。喬韓娜像個六歲孩子般在溪水嬉戲，她翻看石頭，哼歌潑水。為了平撫心情和安定思緒，他開始回想當傳令兵和信差時的記憶，想起瑪莉亞·露易莎和兩個女兒。也許生命只有一個用意，就是傳遞消息，我們活著只是為了傳遞消息。也許人到頭來只有一則訊息，而這則訊息打從一出生已經送到我們手裡，只是我們從來不確定訊息在說什麼；訊息可能無關個人，卻得用盡一生光陰親手遞送，直到最終投遞封緘為止。

雖然他尚未完全回復，但休息夠了，於是他們繼續前進。

□

翌日正午，他們來到一個叫作布拉索斯渡口的地方。布拉索斯河輕緩吐出捲捲蒼翠，焚燒沼澤低地的殘火煙霧低垂，飄散在頭頂。雖然舉目不見渡輪，卻可看見對岸渡輪碼頭約在九十公尺遠的下游，水流能推他們上岸。碼頭看來沒問題，底部應該堅硬紮實。不過河水正處漲潮，所以可能不如他的預期，或許許多淤泥沙石都擱淺沉積在碼頭，倒下的高大樹木可能深埋在水面下，像寓言故事裡的八爪章魚般翻滾、揮舞著胳膊。

他們得再次憑藉自己的力量渡河。這次他同樣鬆綁帕夏，小母馬芬西縱身躍入河水，吃力抵抗水流渡河。他們在水裡載浮載沉，而當喬韓娜捉住裙子正準備跳起時，他們卻已成功渡河。

抵達遙遠彼岸，他們踏上蘭姆巴薩斯路，這下子完全錯開了梅里迪安路，但無所謂，他們馬上就會抵達人口稠密的大城杜蘭德，他衷心期望那裡的人口袋都很飽滿。

天空又飄降一場短暫陣雨，世界又再度濕漉漉，整個冬季都緊挨樹枝的櫟樹樹葉，葉尖掛滿雨珠。櫟樹冬季從不凋零，他曾在飄雪中看見櫟樹蔭蔭綠綠的模樣。

喬韓娜的頭抬到不能再抬，凝望著綠葉繁茂的天篷和陰雨綿綿的天空。她的臉龐若有所思，低喃著凱奧瓦語。水氣豐沛，樹木龐然，萬物皆有靈。猶如寶石的雨珠穿透樹木細長的手，瀑布般傾盆而下。

他說：「樹。」揭起老舊寬邊帽，用手撫順那蜘蛛網般纖細雪白的頭髮，再戴回帽子。

「是，促。促。」

他一一指出：「松樹、橡樹、杉木。」先從最包羅萬象的綱開始，再進入種。

「是，基得沙尉。」

前進時，他指了指帕夏、牠的鼻子，以及培根。她以前似乎懂英語，也許她的記憶只是需要喚醒。她說：「馬額，鼻主，北根。」然後他站起身。「沾起來。」她說。他又坐下。

「捉下，*Kontah*，捉下。」

基得上尉敢確定地說*Kontah*是爺爺，但至於是敬稱或俚語，他無從得知。

他說：「*Kontah, Opa.*」

「是，是，*Kontah Opa*—！」

*Opa*在德語是爺爺的意思。嗯，看來他們總算有了共通語言。*Opa*這個名詞像是旋緊了她腦海中某顆鬆脫的齒輪，接下來她開始對另一種未知語言、詞句和文法好奇起來。她思索半晌，然後說：「焦哈那拍搜。」她拍一拍手。「焦哈那大秀。」她發出肺活量充沛的假笑，在馬車座位上又蹦又跳，接著舉起手，打開手指數了起來：「易，惡，撒，系，無，溜，基，趴，揪，息。」

「滴答滴答滴，老鼠爬上鐘。」他唸出兒歌歌詞，看見她滿臉狐疑，焦慮渴望理解他說的話時，他拍了拍她的手。「不重要。」他說。

「毫吧。」

她發不出德語和英語的「R」音，這兩種語言的「th」音也是，她很可能永遠發不出來。「篤地，」她說，「隨，有好多隨，好多篤地。」

「好棒，喬韓娜！妳好棒。」

「哼嗯哼啊。」她逕自哼起歌，身體左搖右晃，開始忙著撕扯下連身裙的蕾絲邊。她在布拉索斯河槍戰時已扯下部分蕾絲綁頭髮，現在她決定拆光它。

一旦他們上路，她就心滿意足，世界對她來說樂趣無窮，但基得上尉不禁思忖，要是她知道未來再也無法在大地自由遊蕩，得永遠關在雷昂伯格親戚那方方正正的住家中，不知做何感想。房子不能拆解，也不能用印第安雪橇拉著走。想到這一點，他心底生起無力感。辛西亞・帕克在被送回白人親戚的途中故意餓死自己，鄧普・弗蘭德也是，其他被送回家的俘虜染上酒癮，變成離群索居的怪人。這些返家俘虜一一成了怪人，思想古怪，說不上來是哪種人的想法。在西班牙堡時，朵莉絲曾說這些從小就被擄走的孩子，在回到原本的家園後，心靈都無法獲得安寧，不斷渴求某種精神慰藉，先後遭受兩種文化遺棄，他們猶如在遙遠天外迷失的黯黑流星。

至於他？在他們救了彼此一命、攜手應戰後，他是否能狠心拋下她，把她交還給親戚？他沒有選擇，畢竟他們才是她的血親，這個想法令他心痛不已，但他焦慮夠久了，於是趕緊將思緒拉回當下。

到了杜蘭德，他得朗讀最新要聞，畢竟他們已經快散盡盤纏。南北戰爭及好幾次小規模的財產稅債務，已掏空上尉先前的財產，債務多少不重要，債說到底還是債。一八六六年時，他的存款和銀行積蓄已經空空如也。聖安東尼奧當地的聯邦支持委員甚至威脅他，要是他不打算投資聯邦債券，就等著蹲苦牢，而他的財產就是這樣蒸發的。他爲了還債，賣掉印刷廠，開始浪跡天涯。瑪莉亞在事情發生前幾年已經離開人世，上尉彷彿拴繩鬆脫，猶如熱氣球的錨索斷了線，冉冉升空、乘著變化莫測的風四處航行。他現在年近七十二，最值錢的個人物品就是那只黃金獵錶、帕夏和他讀報的嗓子。

「焦哈那朵歇！」她抬起並指向她赤裸的腳，用力在車底板上跺了一下。

「那不是鞋，是腳。」他說。他的手往後一伸，摸到她一隻鞋子，也就是那個裹住雙腳，有著鞋帶、圓鈍鞋頭、約二點五公分鞋跟的黑色東西。鞋帶已經不見，被她拿去用在其他地方了。上尉高高拎起鞋：「鞋。」他說，再指指她的腳：「腳！」

「肥常好，焦哈那跺腳！焦哈那揮搜！」她揮揮手。「沙尉沾起來！」他站了起來。

「沙尉拍搜！」他一臉倦怠地拍拍手。「沙尉大秀！」

「我才不要。」他說。

「啊、啊、啊，沙尉，霸托嘛！」

「好啦。」他硬擠出高肺活量的假笑。「哈！哈！哈！好了，今天已經夠了吧。」

這句話像是搔到她笑穴般，讓她情不自禁大笑。接著她喊著：「沙尉熱早摻，焦哈那咖槍（發出槍聲），馬額快步咆，沙尉咖槍（又發出槍聲）。易，惡，撒，系，無，溜，基，趴，揪，息。」

「非常好，親愛的，現在我們可以安靜一下了吧。我已經一把老骨頭，神經衰弱，很容易緊張。」電流流竄的痛楚仍殘留在他的頭皮裡，右側眉毛可能要縫針，偏偏沒得縫。

「肥常好，馬額咖槍，哈哈哈！馬額吃早摻！馬額大秀！（仿效馬兒嘶叫）」接著她又「拍拍搜」地哈哈大笑。他們繼續穿過樹林，沿著波斯克河畔的蘭姆巴薩斯路挺進，這個先前是凱奧瓦人俘虜的小女孩沿途發明了更多荒謬新句子，上尉的眼睛疼痛得眼淚汪汪。

「易隻腳，涼隻腳，易隻手，涼隻手，涼匹馬額，大馬額，小馬額……」

「喬韓娜，安靜。」

「焦哈那安記！」

他們穿越濕透的櫟樹林，邁進杜蘭德四百公尺後，他發現有群男人朝他而來。他對喬韓娜伸出一隻手。她停下來，一聲不吭。騎馬朝他們而來的男人衣衫襤褸，帽子破破爛爛，全副武裝。看來他們把所有錢都拿來投資在左輪手槍和可以連發的短槍管卡賓槍了。

太陽乍然露臉，騎馬的男人逼近上尉的馬車，陽光淡淡勾勒出男人的身形輪廓，他們身上沾著樹葉振落的雨珠。上尉停下馬車，堅定泰然地望著對方，但這神情底下的他卻不禁好奇，這行人是否聽聞風聲，知道了大布拉索斯河畔十美分槍戰的事。

他很好奇他們想要什麼，是從哪裡冒出來的。一八七〇年的德州處於無政府狀態，人人無法無天、爲所欲爲。

其中一個蓄著修剪齊整黑鬍子的男人上前來到短途輕馬車旁，停在上尉那側，他的騎兵馬鐙和鈍馬鐙罩觸碰到停止不動的前輪，發出哐啷聲響。他低頭看著他們，盯著上尉眼睛上方的傷口和襯衫的血漬，以及沾滿泥濘的馬車輪輻。一個老男人和一個小女孩。小女孩已經縮進凹陷的擋泥板後方，僅露出緊握住木質擋泥板的髒污手指和臉龐。馬背上的男人皮膚黝黑，眼珠墨黑，不過對喬韓娜來說，這些都不是重點，印第安人並不在乎膚色，反而是對方的意圖、肢體語言、手部動作，這就是他們得以存活的原因。他像是一張照片，映在喬韓娜狐疑的藍色眼眸裡。

「『療癒礦物溫泉水』是吧？」他望向馬車側邊的金色字體。

「這是向業主買來的，」基得上尉說，「他破產了。」盡量將音量語氣控制在合理範圍內，他還得顧及小女孩的安危。

「你買的時候上面就有彈孔了？」

「是的，不騙你，剛買就有彈孔。」上尉說，試著撫平老舊帽沿的波浪。他兩天沒刮鬍子，已經長出銀白鬍碴，他很清楚自己看起來像流浪漢，但穿著帆布料大衣的他，盡可能打直背部，挺出堂堂男子漢的風範，腦袋不斷轉動，想著擺在車底板左側、藏在培根底下的左輪手槍。他說：「我買的時候已經完整配備彈孔。」

「眞是稀奇。那你們打算上哪兒去？」黑鬍子男人問，聲音低沉粗啞。

基得上尉考慮了半晌，決定告訴他們眞相。營火飄來長長的煙霧，極可能來自這群人藏匿於附近的營地。

「杜蘭德。」上尉說。

「那是最終目的地？」

「不是。」

「不然你們要去哪裡？」

「卡斯特羅維爾。」

「那是在哪裡？」

「聖安東尼奧西邊二十四公里處。」

「這段路程可真漫長。」

他忍不住想破口而出：「這和你有啥關係，你這污穢無知的土匪。」不過他反而低頭望向小女孩，擠出滿臉皺紋的微笑，拍拍她緊繃地捉住擋泥板的雪白手指。

他說：「這個小女孩是凱奧瓦人的俘虜，最近剛獲救，由我負責將她送回親戚手裡。」

「原來是野蠻人。」這男人說，打量著小女孩，她的頭髮沾著硬掉的泥土，瘦巴巴的指關節突出，連身裙沾有泥濘、炭灰、抹淨雙手後的培根油漬。他搖搖頭：「他們究竟是爲什麼要搶別人小孩，我實在想不透。他們不自己生嗎？」

「我也和你一樣想不透。」上尉說。

黑鬍子說：「就像豬不識週日爲何日，印第安人也不知肥皂的好處，是這樣嗎，小姐？」他說：「妳看我這裡。」

他在牛仔褲錶袋裡東摸西找，摸到一塊黏有線頭的鹽水太妃糖，接著從馬鞍上彎腰、微笑遞出糖果。她動作猶如猛蛇，一把撈過糖果，緊接著整個人往擋泥板更後面縮。

「啊。」男人頷首，「他們就算回來仍不脫野性，這我有聽說。」

其他人已騎馬靠近，包圍住馬車，好整以暇地坐在磨損破舊的騎兵馬鞍上，完全沒有掏出左輪手槍或卡賓槍的意思，很明顯喬韓娜和上尉不具危險性。

上尉立刻明白他們沒聽說發生在凱雷泉的大布拉索斯河十美分槍戰事件，槍戰結束後已過兩天，但他猜這群人不常跨出地盤，再說德州大多地區都沒有電報。

「你挺誰？」黑鬍子轉頭問上尉，態度不變。「你投給誰？戴維斯，還是漢彌爾頓？」

上尉現在很清楚，他肯定逃不掉杜蘭德的讀報災難，偏偏他們拿一角當子彈，現在才會窮途潦倒，眼前又還有一大段路要走。他們唯一剩下的選擇就是變賣馬車，騎馬旅行。但問題是他的背和髖關節不再勇健，禁不起在馬背上長途顛簸，只怕劇痛每況愈下。

他說：「你居然敢問我投給誰，實在太冒犯了。人人都有祕密投票的保障，我是蹄鐵灣和雷薩卡德拉帕爾瑪戰役的退役老兵，當初我可不是爲了美國南方的低級獨裁政府而戰。我是爲了生而自由的英國人權益而戰。」

很好，這說詞應該夠讓他們頭昏腦脹了。

「我懂你的意思。」黑鬍子陷入思考，「所以你是英國人？」

「不，我不是。」

「那麼你剛剛說的那段話根本就不合理啊。」

「不重要。」基得上尉說，「重點是你們現在是以官方的名義攔下我嗎？我快要失去耐心了。」

其中一個戴著高冠帽子的男人說：「投票給戴維斯的人不許踏進伊拉斯郡一步。」

「這是地方政府的官方決策嗎？」

黑鬍子男微笑，說：「先生，這裡沒有地方政府，也沒有警長，戴維斯的人已經驅逐警長。這個地方既沒有治安官和市長，也沒有長官，這些人已被戴維斯和美國陸軍踢走。他們不是加入聯盟軍，就是為聯邦南方聯盟效命的公僕，這就是他們現在的命運。但戴維斯不派人替補缺職，所以我們自告奮勇接下職務，而你現在要面對的就是我們。」

基得上尉的目光瞥向認真聆聽的喬韓娜，她一雙湛藍眼睛睜得老大。他拍拍她的手指，「你們想要多少？」

對方陷入一陣冗長的靜默。

「啊，給我們五十美分就好。」

第十四章

他們將馬車駛進波斯克河邊一家大型掃帚和桶板工廠的裝卸場，河畔有三角葉楊，即使當下無風，小小的新葉依舊微微顫動，滴下針頭大小的閃耀雨水。他上一次看見三角葉楊已經是很久以前的事了。波斯克河的河水很淺，他們毫無障礙就渡了河。

機械水車旋轉著，生氣蓬勃地打撈起水，再傾倒入河裡。有個正在捆綁掃帚的男人抬起頭；他坐在製作掃帚的機器旁，四周堆放了好幾綑甜高粱，還有一堆閒置的握柄。他和掃帚身處於這棟深廣的建築內，左右兩側空曠，頭頂是可遮陽避雨的木瓦屋頂。呈梯狀的雲朵浪花低空飄過，母雞昂首闊步，用冷靜的黃眼珠環視牠們的世界。

上尉詢問他們是否能在那裡借住一宿。

男人說：「鎮上有旅店。」

「我知道，」基得上尉說，「可是我現在付不起這筆錢。」

「也有馬車停靠站。」

「這裡感覺比較安全。行行好，我帶了個孩子。我可以一晚付你十五美分。」上尉欠身，他年邁如鷹的眼光直勾勾望進男人眼睛。

「我可不缺這點錢。」

「不然你缺多少錢？」

「五十美分。因爲我知道你會用唧筒，並餵你的馬吃飼料，外加烹飪用的木塊，還有睡覺鋪上的稻草。」

「老天爺，」基得說，「再來你是不是打算說棉布每磅要價十七美分。」

「我可沒買棉布。」

基得上尉轉頭對喬韓娜說：「親愛的，拿五角給我唷。」

她埋首翻找彈盒，撈到一枚霰彈，敲開後倒出硬幣。

□

基得上尉盡可能梳洗乾淨，他用濕布輕輕擦拭眼睛上方的傷口，再次撒上灰色止血藥粉，接著嘗試教喬韓娜學習看錶，告訴她他幾點會回來。她目不轉睛地盯著錶面，指尖停在水晶錶面上，先是摸摸時針，然後觸碰分針，眼睛隨著彷彿昆蟲般蹦跳的秒針移動。

「這是時間，」他說，「現在是兩點。」

「時間，*Kontah*。」

「這個小指針走到三的時候，我就回來了。」

他把錶放進她掌心，差點就相信她真的聽懂了。

接著他往老舊帆布大衣口袋裡塞入更多枚硬幣，步行至鎮上。他的大衣口袋邊緣沾著髒污塵垢；這件差不多該丟了，換一件新的。等有錢吧。杜蘭德有條主要大街和木板人行道，其他街道則分散於林木和微小隆起的山丘地之間，三角葉楊的葇荑花序裂開，毛絨絨的棉絮沿著街道飄送，堆積於各個物品與地點的角落。

他的首要任務就是到一間嶄新商行預約讀報地點。這棟建築十分狹長，玻璃陳列櫃裡裝著玲瑯滿目的刀具、搪瓷牧羊娃娃、銀器和手帕，襯衫和背帶的貨架緊貼於牆邊；再往裡面走，會看見現成的鞋靴、工作夾克、好幾匹布料。無庸置疑，男士和淑女內衣褲深埋在展示櫃最底層。當然沒問題。店長收下他的美元硬幣。

上尉在杜蘭德小鎮四處走動，張貼傳單，背後跟了一群身穿吊褲帶、頭戴草帽的淘氣小鬼，其中幾個有穿鞋，在杜蘭德的泥土街上尾隨他。上尉要他們別再鬧，否則打歪他們鼻梁。他問最高個兒的男孩，讀不讀得懂他的傳單。

「要是我想就讀得懂，」男孩答道，「偏偏我不想。」

「原來是具有獨立思考能力的年輕人，」上尉說，「傳單說我今晚要把一個女人鋸成兩半。是個胖女人。」

他們停下腳步，面面相覷。上尉繼續走，張貼傳單。

他把傳單貼在馬房、學校、「人類與動物糧食」商店、羊毛倉庫、杉木柱堆疊得老高的廊柱場，還有馬車製造商及皮革維修商等店家。他順手將一張傳單遞給一身黑色短寬外套、背心、簡約側釦黑鞋的男人，男人手裡拄著一根黃金頭的拐杖，瞄了一眼上尉的馬靴，他看得出靴子做工精緻。

「很好。」男人說，揭起帽子行禮。他閱讀傳單：「新聞啊，我們這裡實在太缺新聞。你是從達拉斯過來的嗎？」

「是的。」

「戴維斯任命的官員在那邊情況如何？」

基得上尉可以嗅到一絲危險，但他深知自己沒有選擇，只能從容面對。「我也不清楚，」他說，「我才剛買報紙，最新一期是來自東部的刊物。」

「那你會朗讀《州立日報》嗎？」

「不會，那份報紙只是政治文宣。」

「你說什麼！」

「他們只刊登觀點和意見，我拒絕免費幫奧斯汀當權者代言。」基得上尉無法強迫自己妥協，這不是他的作風，他從來不這麼做，現在要他改也太遲。他說：「所以我希望你能夠諒解，我朗讀的是新聞事件，都是來自遙遠他方、帶有童話色彩的事件，如果你不喜歡這類報導文章，還是待在家比較實際。」他巍然屹立在男人面前，即使一身破爛的防水大衣、頭上戴著髒兮兮的旅行帽，威嚴依舊不減。

這男人說：「敝人是畢維斯醫師，安東尼・畢維斯。我不認爲《州立日報》刊登的都是童話故事，事實上這份報紙有許多當代思辨。」

「我的意思不是說這份報紙都是童話故事，醫師。」基得上尉脫帽致意。「要是如此，反而比較好。祝您有個愉快的一天，先生。」

□

留在掃帚和桶板工廠的喬韓娜也沒閒著，正忙著做事。製作掃帚的男人瞇起眼盯著晾在曬衣繩上的毛毯，以及披在馬車上緣的挽具、小爐灶上冒著煙的黑豆和培根。他用質疑的眼神注視著「療癒礦物溫泉水」的金色字樣和彈孔。他說小女孩牽馬去波斯克河畔吃草了。

「那個小女孩不太對勁哦。」他說。

「怎樣不對勁？」基得上尉問。他坐在後擋板上，身邊擺著一疊報紙，手裡握著扁平木工鉛筆。他精挑細選了幾篇他在達拉斯讀過、較不會引發激動情緒的文章。他還有幾篇美聯社新聞的報紙，內容有薩斯奎哈納河水災、伊利諾州通過伯靈頓和伊利諾中央鐵路的債券資助。當然不會有人反對蓋鐵路。他手邊有《倫敦時報》、《紐約晚報》、《費城詢問報》、《密爾沃基日報》（基得上尉稱這份日報爲「乳酪和挪威八卦報」）和《哈潑周刊》及《黑木雜誌》，最後當然少不了《家庭箴言》，雖然他手上這本不是新版，卻是不分場合的萬用法寶。關於漢彌爾頓或戴維斯，抑或德州黑人投票權、軍事占領、和平政策，上述報章雜誌都隻字未提。

基得上尉希望帶著滿滿荷包和毫無彈孔的完好皮囊離開杜蘭德。他不得不堅強，因爲他現在就是喬韓娜的全部，在這個她永遠無法理解、好鬥頑固的白人世界裡，除了他，她一無所有。基得上尉抬起頭，不由得嫉妒起這幾隻愚笨無知的母雞。

「哦，一方面是因爲她不說英語。」

這男人正將掃帚把柄裝進機器輪轂，然後紮綁好幾束濕答答的甜高粱，並用手旋轉著把柄。這笨蛋坐在那裡，成天重複一樣的動作，還自以爲是英語專家，猶如下掛式水車流暢地吐出水，他不假思索，脫口而出這句話。

「所以呢？」

「哦，可是她長得像英國人啊。」

「這可眞是大發現。」

基得上尉在五花八門的《詢問報》文章上畫粗線。在這裡讀報需要謹愼。費城等於貴格會教派，貴格會教派等於殘害北德州人民的和平政策，甚至遠至紅河南部的地區都受到影響。他選了一篇檸檬丘溜冰的輕鬆俏皮文章，檸檬山則位在費城邊界。請各位千萬不要不相信，這裡的人都在冰上生火，女士搖擺著裙環，四處溜冰。這裡的生活安全無虞，清幽無紛擾，冰層穩固，在危機四伏的深水上穩穩托起溜冰的人。

「哦，不然她究竟是哪裡人？」

男人的臉孔寬廣而短淺，像是一只湯碗。母雞在他腳邊啄食，「潘妮洛普來，這個給妳。這是妳的哦，艾蜜莉亞。」他裝出娃娃音，熱情呼喚母雞，母雞往他低垂的手心啄起甜高粱種子。基得上尉一臉不耐地抬起頭。他已經得想方設法照顧一個半野人小女孩，阻止可能心懷不軌、令人髮指的綁架犯，還得用他唯一擅長的方式賺錢，兩人才不會餓死，可以繼續踏上旅途，更得提心吊膽，切莫引爆有關德州政治的暴力衝突，真是艱巨的任務。

「我拜託你閉上狗嘴，好好顧你的掃帚，行嗎？」基得說，「我沒問你老媽的閨名是什麼吧？」

「可是你聽……」這男人說。

「饒了我吧。」上尉說。

他翻開《黑木雜誌》，短暫閉眼，要求讓他靜一靜。說時遲那時快，他聽見尖叫聲從桶板工廠的柵欄外頭傳了過來。他再次閉上眼。現在是什麼狀況？喬韓娜用她獨特的高音頻滔滔不絕地說著充滿抑揚頓挫的凱奧瓦語，還有一個女人用英語呼喊的聲音。聲音是從波斯克河那裡傳來的，他大致猜到發生了什麼事，於是二話不說扔下木工鉛筆，撈起一塊毛毯。

喬韓娜幾乎一絲不掛地站在蘆荻間的淺灘，全身只剩下威奇托福爾斯的女性義工給她的老舊破爛束腹和鬆垮內褲，一手提著木桶的女人正在追逐她。她們奔過岩石和淺水灘，噴濺出水花。喬韓娜縱身躍入急流河口的深窟窿，朝這女人嘶聲尖叫。她濕透的頭髮彷若緊貼臉龐的深色繩索，嘶喊時下排皓齒清晰可見。她正在用黑魔法召喚守護神攻擊這女人，要是她手裡正好有一把菜刀，恐怕早就刺進這名杜蘭德好人太太的身體裡。

「這裡不允許妳這樣！」女人喊道。她站在高度及膝的溪水裡，困在裙子裡層的氣流將連身裙吹得鼓鼓的。她很年輕，衣著得體，並一臉義憤填膺。「妳不能在這裡裸體沐浴！」她拽下罩帽，洩氣地拍向自己大腿。櫟樹參天而立，發出惱怒的嘆息聲，合唱歌聲自城裡傳來；週三有合唱團練習。

「這位太太，」基得上尉說，注意到她手指套著婚戒，「妳別這樣，她不過是想洗個澡。」

「可是她一絲不掛！」年輕婦女驚叫，「光天化日之下！」

「還不至於一絲不掛。」基得上尉說，他顧不得靴子褲管，涉水踏進波斯克河的淺灘，拿毛毯裹住小女孩。「妳冷靜下來，」他說，「她不曉得妳的事啊。」

河水彼岸是馬車停靠站，許多貨車都在那裡紮營，好幾名駕駛已經站出來，身體倚靠在棚車上等看好戲，搖曳葉影猶如笑語在他們臉上游移。

基得上尉說：「她是先前被印第安人擄走的俘虜。」

「可是我們這裡不允許她這個樣子。」年輕婦人說，兩手緊緊握住繩索水桶提把，「我不管她是何騰托人，還是蘿拉．孟黛茲【註】，她光天化日下站在河中央，儼然是暴露胴體的達拉斯騷貨。」

基得上尉牽著喬韓娜步出河水，說：「我依照我和錫爾堡的印第安事務官山繆・哈蒙德的約定，將她送回家人身邊。這是美國戰爭部的政府官方任務。」

喬韓娜靠著上尉啜泣，波斯克河的蔥綠河水高及她的腳踝。他說：「她年僅六歲就被迫與母親殘酷分離，目睹母親被挖除腦袋，飽經挨餓、慘遭毆打，她根本不記得自己的母語，也不曉得文明社會的合宜禮節，她所承受的痛苦根本沒有任何言語可以形容。」

年輕婦人震住，頓時啞口無言。最後她開口了：「但總要有人糾正她，強迫她這麼做，遵守沐浴的端莊禮節。」

喬韓娜兩手摀住雙眼。她只記得凱奧瓦母親三斑，她想起母親的笑聲，她們浸泡在威奇托山脈下的卡什溪，尖叫著往身後一倒，遙遠山腰上有群年輕男子開懷擊鼓。四、五個編著珠飾髮辮的女孩，涉水走過清澈溪水，潑濺出水花。她想起這一切，又想到山脈，忍不住嚎啕大哭，有個陌生人張開雙手、低垂著頭哭泣。想到痛失的這一切，剎那間所有沉痛回憶都湧上她的心頭。

「啊，我很難過她經歷這些事。」年輕婦人說，語調變得輕柔。一會兒後她彎下腰，對喬韓娜說：「親愛的，我很抱歉。」

「妳離她遠一點。」基得上尉的聲音僵硬，舉起帽子向年輕婦人致意，然後牽起喬韓娜的手，說：「如果妳自稱是基督徒，請幫這個小女孩張羅一些鞋子和衣物，協助她平安順利返家。」

他們回到馬車，他的靴子積滿水氣，邊走邊發出啪唧啪唧聲，裹著粗毛毯的喬韓娜全身流淌著水，手裡揪著濕淋淋的內褲，赤著腳，內心既憤怒又受傷，深刻絕望。

□

到了八點，杜蘭德天色已經昏暗，他確定喬韓娜已穿著睡衣坐在馬車床上，也點燃了煤燈。她對自己哼著輕緩安撫的歌曲，裹著現在已無法離身的墨西哥斗篷，自告奮勇要縫補灰色羊毛毯的磨損邊緣。她已將上尉沾血的襯衫浸泡在鹽水中，上尉走回其中一間馬廄，脫下靴子和靴刺，換上讀報穿的服裝，套上黑色繫帶鞋，刮起鬍子。

「北根。」他步出馬廄時，她抬起頭，說：「*haina*北根。」

「妳還眞是說中了，」他說，「我正打算帶培根回來。」他腋下夾著公事包，「我現在

編註：蘿拉・孟黛茲（Lola Montez, 1821-1861）爲來自愛爾蘭的知名演員及舞蹈家，一八五一來到美國，以大膽的舞蹈與服裝知名，後病逝於紐約。

要去貢獻我內容豐富的朗讀，講講何騰托人、蘿拉．孟黛茲、伊利諾鐵路的故事，嚇唬嚇唬聽眾，他們會在我腳邊傾倒白花花的金銀硬幣，到時我們不僅有北根，還有雞蛋可以吃，妳覺得如何？明早我們第一件做的事，就是光顧這裡的店家。」

他彎下頭用充滿關愛和略微溫柔的眼神凝望著她。看來他的小小戰士偶爾容易落淚，但很快又能夠恢復活力和開朗笑聲。小孩子就是這樣，但願她永遠保持童心。他調整好領巾帶，整齊打理袖口。她點了點頭，雙手繼續縫補毛毯，輕微拱起她的粉金色眉毛，算是回給他的一抹微笑。煤燈光線下，她的雀斑顏色更顯深沉。

他很想親吻她的臉頰，卻又不曉得凱奧瓦人會不會親吻彼此，就算會，爺爺會親孫女嗎？他怎麼可能知道呢，文化可是一片地雷區。

他在半空中比出輕柔撫拍的動作。

「好好待著，別亂跑。」

第十五章

貿易商行一轉眼就座無虛席。一位美國陸軍士兵在門外站崗，要每個進門的男人敞開大衣證明身上並無攜帶手槍。有些人攜帶槍枝。攜槍是違法行爲，不過中士並沒有刻意找碴，只是用手指了指一張長椅。等到貿易商行滿席，長凳上已經堆放了七、八把左輪手槍，和一把只有兩發子彈的小型改造手槍。

一群男人和幾位女人坐在背板堅硬的木椅上，抑或傾身立於櫃檯邊，老闆Ｊ・Ｄ・艾倫出面制止懶洋洋斜倚在玻璃櫃上的人。基得上尉雖然並未站著來回巡視聽眾的臉龐，仍不由得在視線角落瞥見他們。他攤開報紙和美聯社電報，發現聽眾分成好幾個小團體，對彼此投以類似警告閃燈的注目禮。頂上無帽的人群，在來自遙遠國度的機械製造商品間，或站或靠抑或吞雲吐霧。店內有來自英格蘭的靴子、鞋子、背帶、染髮劑、鈕釦、瓷盤。掛在鐵鏈上的煤油燈在頭頂上輕輕搖曳，投射出慘綠陰影，遠方雷聲朝貿易商行發出猶如威脅般的隆隆巨響，暴風雨即將從遙遠子午線外的所在降臨。

他一如往常，開場白先是問候小鎮機關店家，再簡單扼要評論道路狀況，沒有人不喜歡聽旅人描述旅途過程。上尉說明紅河沿岸的道路平安無恙，但他並不確定小威奇托的現況，畢竟他渡河至今已逾一週，現在水可能又漲了。布拉索斯渡口並未開放，相當可能遭到河水沖刷，但兩岸碼頭的狀況良好。從布拉索斯河到這裡的道路情況很好，他停頓片刻，用一隻浮有青筋的手撫平報紙，等著看是否會有人發出有關攜槍的言論，但這並非某些聽眾當下想到的事。

一個沒戴帽子的男人起身嚷嚷：「等到戴維斯成了他的好事，就會替他市議會的某位黨羽鋪路！」

上尉抬起頭。

「給我閉嘴！」

就他的年齡來說，上尉的聲音威震四方，加上超過一百八十公分的身高，漆黑如烏鴉的服裝、噴著怒火的深色眼珠和銀月般的明亮頭髮，讓他更顯威風凜凜。他環視聽眾時，老花眼鏡金框閃耀著光芒，狹窄室內飄散著動亂氣息。他說：「先生，大家來這裡付一大筆錢，可不是爲了坐在那裡聽你抱怨，我嚴重懷疑他們早就聽過你這番怨言。」

眾人哄堂大笑。

基得上尉清了清喉嚨，眼鏡往鼻梁上一推，取出《詢問報》，開始朗讀檸檬丘的故事。

接著上尉抽出《先鋒報》的紙頁和鐵路要聞，像是製造掃帚的機器般平穩地朗讀內文。他朗讀的文字平息了眼前聽眾的心緒，只有一個男人仍無法不叨嚷：

「先生，你怎麼不讀休士頓的《三週刊聯盟報》？」

另一個男人站起來：「因為那是混球戴維斯的報紙，他們每一個都是死性不改的混球小偷！」

「他們都是共和黨的！對全美的代表人物效忠！」

另一個男人嘶吼：「那又怎樣？他們還不是遭到專業煽動者洗腦！」

「請各位安靜！」基得上尉大吼。

他們忿忿不平地靜了下來，三個起身的男人紛紛坐下，怒氣沖天地瞪視彼此。

看來他的時間不多。上尉翻著報紙文章，迅速朗讀迢迢他鄉和冰天雪地的故事，並且提供聽眾智利革命的進展報告，為聽眾呈現既神奇又眞實的遙遠魔法。他講到人口普查後，旁遮普地區發生暴動，印度女性則繼續過著隱姓埋名的生活。增設鐵路和現代化改變了充滿謠傳的世界，湧入眾人腦海的畫面不再只有古代部族世仇。

他快速朗讀：土耳其多年來監控的鬱金香球莖在外交郵袋裡被發現後遭充公，現在安卡拉地區的安哥拉山羊取代鬱金香球莖，成為土耳其高官新寵，價值連城的安哥拉羊毛現在登上走私船「高地巨星」……

「戴維斯會利用印刷法案讓《達拉斯信使報》關門大吉！」一名小個兒金髮男尖聲叫道：「人民繳納的二十萬美元稅金全進了激進報社的口袋！」

這下兩個男人都站了起來，面對面叫囂著漢彌爾頓變節、戴維斯貪腐的罪狀，身旁的人試圖拉開這兩人，可是他們想教訓對方的決心堅定，幫忙分開這兩人的人一個個都眼歪嘴斜、身子朝後方一凹，想要迴避拳頭，卻很難不受兩人的激昂情緒牽扯。女人們手忙腳亂地提著裙子衝出貿易商行，其中幾個女士取回她們丈夫、父親、兄弟堆放在長椅上的手槍，帶著武器匆匆離去。有那麼一刻，美國陸軍中士只是仔細聆聽他們提到軍隊規矩、奧斯汀貪污案和印刷法案的事，然後動也不動地杵在原地。

最後總算演變成拳腳相向的全武行，椅子如暴風雨般從天而降，玻璃展示櫃被砸成碎片，上尉裝著硬幣的罐子被踢翻，男人們的腳步紛亂，踐踏著硬幣。頭頂懸掛的煤油燈來回擺盪，人們踩踏著地上的椅子，撞得牆壁左搖右晃。其中一個男人操起一塊高級瑋緻活紀念盤，猛力砸向另一個男人的頭。有位矮個兒男人抽出皮帶，拿起帶釦胡亂朝四面八方抽打。吵架滋事的兩名當事人分別是旅店老闆和學校老師，雖然老師只是頭髮打薄剪壞、臉頰蒼白、滿臉青春痘的年輕人，可是他鬥志昂揚，兩人扭打成一團，最後一路扭出貿易商行大門，步上街頭。

聽眾也隨他們的腳步走上大街。

□

基得上尉在講台上稍作停頓，一手縮成拳頭撐著下巴，環顧現場一片狼藉。最後他摺好報紙，放回公事包，發出一聲悠長嘆息。他在內心裡下了一個定論：紅河那裡果然好多了，要應付的只有科曼契人、凱奧瓦人，只需偶爾應付一下美國陸軍。

到了北德州，當然還有甘內特太太。

他穿越一堆被掀翻顛覆的座椅，發現銀幣被踢得滿地都是，彷如眼珠般閃閃發亮。雖然很沒尊嚴，但他不得不手腳並用，伏在地面撿起錢幣。要不是因爲喬韓娜，他才不可能幹這種事，而會瀟灑地說：「錢全部送你們了，你們這群聒噪好鬥的王八蛋。」轉身離去。

門口站崗的陸軍中士已不見人影，肥碩雨珠濺灑在泥土街道上，那群男人仍在外頭朝彼此叫囂，偶爾穿插幾聲和事佬叫嚷：「聽我說，你們冷靜……」上尉跪在地板上，開始收集錢幣。

「讓我來吧，先生，你不該跪在地板上。」

是那個半路上攔截他們的短黑鬍男人。

「是啊，確實不該。」基得上尉說，「但我不正跪在地上嗎？」

這男人扶正了一張未遭毒手的椅子，手朝椅子一揮，示意請上尉坐。上尉滿懷感激就座，他的髖關節已痛到像火燒。男人開始動手撿拾硬幣。

「我叫作約翰．凱利。」這男人說，他粗糙長繭的大手握著罐子，倒入硬幣，繼續道：「我們今早不該攔下你們收過路費的，我現在很後悔。」

上尉頷首，指尖按壓著兩眼穴道：「你交到壞朋友了。」

「他們是我表兄弟和親哥哥。」

「意思一樣。」

「嗯，那倒是。」

基得上尉思忖著他同夥，也就是他的表兄弟和親哥哥的外表年齡，「他們都有參戰吧？」

「我也有。」

「啊，」基得說，「你當時應該很年輕吧。」

「不，先生，我參戰時已經十七歲了。」

「十七歲還是很年輕。」

上尉都忘了自己也是在蹄鐵灣戰役度過十六歲生日，當時的他手裡持著肯塔基州的長步槍掃射紅棍。他凝視著硬幣一枚枚落入顏料罐。

他說：「你應該遠離那些麻煩難搞的親戚，向他們的非法行徑說不。」

「現在根本無法辨別合法行徑。」約翰・凱利步向陳列吊帶及領釦卡片的貨架。他身穿燙得直挺的黑褲、常禮服、高領雪白襯衫和領帶，雖然都略微破舊，整體卻乾淨整齊；他的墨黑鬍子比上午看見時更短了，修得十分乾淨。上尉留意到他的靴子是上等貨，靴上裝著一對靴刺。凱利目光掃向貨架，說：「喲，該死，差點漏掉那一個。」他用粗實手指小心翼翼拾起一枚十美分硬幣，然後說：「我當然知道應該遠離他們，可是每週都有新變化。」他把握在掌裡的硬幣倒進罐子。「目前法律局勢極度不穩，土地所有權等也是。」

上尉發現他經過一番精心打扮，應該是專程過來告訴上尉，他事實上不是個無知骯髒的土匪，而是有教養的人，是一個認眞的人。他希望得到上尉的尊重。

上尉用手帕慢條斯理地擦拭眼鏡。「你不會想讀法律吧？」

「噢，老天，不！」約翰・凱利握著顏料罐站了起來，「我只是想找正經事做。」

「和我們初次見面時相比，現在你有進步了。」

「收到，」凱利兩頰略顯緋紅，「要是想讀法律，法律有實在的基礎嗎？法律必定有基礎吧。」

基得上尉說：「根據權威者的說法，法律應該一視同仁，不分國王和農夫，人人皆應平等遵守，法律應該明文列出，並且於城市廣場公布，供眾人閱讀，而且必須以平鋪直述的庶民語言陳述，免得讀者覺得不知所云。」

年輕人露出奇異神情，歪斜著頭。那表情是種渴望，一種希望。

「這段話是誰說的？」

「漢摩拉比。」

□

基得上尉心知肚明，和之前在達拉斯的情況雷同，他們最好今晚就立刻動身離開。雖然他已經收到讀報工資，但目前杜蘭德沒有商家營業，要是他夜裡去敲艾倫老闆的門，向他購買點三八彈藥，恐怕會搞到人盡皆知，並引人疑竇，以為他正準備去射殺敵對黨派的支持者，不管以爲他敵對的是哪個黨派。他只剩下八顆左輪手槍子彈、獵鴿彈、幾磅火藥和充足的一角硬幣，應該已經綽綽有餘。

他在微弱昏黃的燭燈光線下，牽回在波斯克河岸的帕夏和芬西。雖然雨勢稍緩，雨水依然沿著帽沿滴落，他的大禮帽也被雨水浸濕，一團濕答答地戴在頭頂。他舉步維艱地穿越濡濕草地，用輕柔嗓音呼喚著馬。別著鈴鐺的小芬西聽到他的聲音，似乎很高興，抬頭時鈴鐺發出叮噹輕響。馬兒已經休息充足，肚子裡裝著滿滿的新鮮春草。他牽著牠們走回桶板工廠後，在燭燈微光照耀下換上旅行裝束，好奇著他們還剩多少枝蠟燭。靜謐氣氛與精緻鑲嵌錫罐投射出的蠟燭網眼黑影，使人心情平靜，他盡速嗑掉一份黑豆和培根。

他輕柔呼喊：「喬韓娜，喬韓娜。」

「沙尉！」

她戲劇化地拉開毛毯，從馬車車斗上跳了起來。她穿著睡衣，頭髮上插著幾根乾稻草，雙手托著好幾團布料和織物。「你們看，這個。」她說。

上尉微笑著轉頭看她。她還不能區別第二人稱的複數形和單數形，但每天都有進步。

「噓，」他說，「是什麼？」

「乙件連身裙，乙件夾克，乙件褲子，乙件襪子！沙尉！看！」她伸出捧著肥皂的手。

「噓。啊，是肥皂啊，太棒了。這是誰給妳的？」

她將所有二手服飾堆成整齊的一疊，擺在後擋板上，喜孜孜地望著他。「河邊的兇巴巴小姐。」她說。

「很好，很好，現在快去換衣服吧，我們得走了。」

看來那個硬要把喬韓娜拖出波斯克河的年輕基督徒良心發現，幫小女孩張羅到幾件衣服；一件黃紅相間的格紋連身裙、一件墨綠色夾克、褲子、長襪，外加一塊肥皂。他的手指輕撫衣服邊緣和滾邊，細細打量鈕釦，個個都縫得堅固牢實。衣物本來就不易取得，更別說這些衣物的材質皆屬上等。很好，看來點醒她的良心是件好事。小女孩現在有三套連身裙和多套內衣褲可以更換，不必髒兮兮、穿著破爛衣服去見親戚了。這個想法讓他內心一陣隱隱刺痛。

暴風雨已停，天空一片清朗。他把馬腳繩收在老舊工作外套口袋裡，並在桶板工廠幫芬西套上轅桿，將挽具架上牠的背部，馬車的金黃色字樣在月光下閃動。

喬韓娜閃進馬棚後終於姍姍來遲，提著一綑粗麻布包裹著的東西。上尉只趕著出發，並未多做他想。他吹滅燭燈，踏上駕駛座，指揮小花母馬和輕巧馬車掉頭轉向，第五輪發出尖銳刺耳的聲音。他們靜悄悄溜出好鬥紛爭不斷的杜蘭德，踏進德州早春的漆黑深夜，夜鷹在頭頂飛翔，唱著低沉的歌曲，猶如貓頭鷹低空翺翔，將點點繁星扛在背後。他們穩健地在皎白月光灑落的道路上快馬加鞭，以每小時十一公里的速度前進，砰砰砰，背後的帕夏也快步跟進。晚間十一點鐘，所有正經人皆已入眠，上尉不曉得前面有什麼等著他們，他們又會進入什麼樣的城郡，遭遇什麼樣的新麻煩？

喬韓娜攀爬過靠背，取過那一綑粗麻布袋，回到上尉旁邊的駕駛座坐著，開始忙著解開粗麻布袋。

「早摻！」她呼喊。

「噢，不，喬韓娜，不。」

那是兩隻沾有血淋淋羽毛的母雞屍體，喬韓娜腿上的雞已經沒了頭。是潘妮洛普和艾蜜莉亞，兩隻雞已經死透，死狀比約翰・威爾克斯・布思【註】還淒慘。喬韓娜低下頭，對這兩隻雞露出微笑。雞脖子被她扭斷，內臟挖空，她從其中一隻雞的腹部掏出一坨顫抖著的東西，原來是母雞體內的雞蛋，沒被她連同內臟扔掉。

「你應該要說很好！」她說，用她黏答答的手拍了下他的胳臂，「早摻。」

編註：約翰・威爾克斯・布思（John Wikes Booth, 1838-1865）是刺殺林肯的犯人，逃亡後在藏身處遭士兵擊斃。

他閉著雙眼駕駛了好幾分鐘。

現在回去付錢給難相處的掃帚製造商為時已晚，道歉也太遲，甚至來不及留下這兩隻聒噪動物的補償金。現在上尉在杜蘭德的名聲恐怕不只是戴維斯黨派支持者，甚至要背負母雞神偷的惡名，很難決定哪個傷害比較嚴重。上尉一手扶著額頭，這是他個人世界的慘痛損失，他已經名譽掃地，無論是冰島或東印度群島的人，任何一個人類社會的同胞恐怕都會失去對他的尊敬。這可是一大精神打擊，遠比身無分文還悲慘，也比任何敵人的刀刃都傷人。

上尉穩住聲音，努力裝出歡樂語調，說：「眞的耶！聰明的孩子！這下我們有早餐了。」

這天夜晚寒氣襲人，他可以從全身骨頭和臉頰上兩條冰涼水氣感受得到。後來他才發現，原來臉上濕濕的水氣是兩行熱淚，他想到未來等待著小女孩的難題，她將來會有好幾年得住在屋簷下，被牆壁四面包圍，還要遵守不能偷雞的特殊規定。現在她雙手不得閒地包好死雞、哼唱歌曲，她完全不理解動物屬於私人物品，除了馬之外，其他動物都不算數。喬韓娜曉得馬屬於私有財產，其他動物則是長著腳的晚餐。若是吩咐她射殺一頭小牛或孩子，想必她絕不會有一絲猶豫。他腦海中想像著喬韓娜以勝利之姿，拖著一匹當作戰利品的無頭小馬，走進雷昂伯格家後院，用心討好她那既熟悉又陌生的親戚。

她抬起頭，看見他用肩膀拭去臉頰上的淚水。

「噢，沙尉。」喬韓娜語調低落，伸出她粗糙長繭的指尖，抹去上尉的眼淚。她的手指還沾著黏糊糊的血，上頭黏有幾根羽毛，在月光下，一根羽毛猶如殞落的小天使，飄落在他的大衣上。

「不要管我，喬韓娜。」

「鵝了，」她用果決的語調說，「*Kontah*鵝了。」

沒錯，爺爺是肚子餓了，這就是問題所在。他餓了，而她很快就會要他幫忙烤雞，並在雞肋骨上煮雞蛋。

他說：「老人很容易落淚，親愛的，這是變老會有的煩惱。」

「你們都鵝了。」她紮實大力地拍著母雞屍體上的羽毛，發出砰砰悶響，「焦哈那沒事？」

「是的，」他說，「焦哈那沒事。」

第十六章

他們繼續上路，這是蘭姆巴薩斯路，杜蘭德已被遠遠拋在身後；明朗天空裡，太陽露出血紅面容。這塊地區位於高海拔，地勢平坦，風景平淡無奇，少見變化。他們大剌剌暴露於荒野之間，是唯一在地平線世界裡走動的生物。他們來到克蘭菲爾德山口，在應該經常有貨運馬車隊歇腳的雷昂河畔營地過夜。上尉滿心期望有其他馬車抵達，想要打聽布里特下落，無奈卻不見一輛馬車的蹤影，僅有深長車轍和平坦泥土空地，曾有人在地上倒出一桶洗碗水，除此之外，露營地一片死寂。他們帶馬兒出去找鮮草，不過貨運車隊的馬已經把草吃得近乎精光。

他在這裡吃了烤雞，睡得沉穩，他夢到陰影裡有個全副武裝的男人，渾身散發一股難聞噁心的氣味，這男人從雷昂河爬上岸，是水陸兩棲類動物，不完全算人類。上尉坐直身子，捉起包裹著左輪手槍的大衣伺機而動。每當發生衝突，他都會作這個夢。之前先是在布拉索斯河，後來在杜蘭德時又夢到一次。這個惡夢又回來找他了，這是長久以來反覆出現的惡夢。後來瑪莉亞・露易莎學到溜下床，站在房間另一頭反覆呼喊他：「傑夫，傑夫，親愛的，傑夫。」接下來他就會從逼眞的生死拚搏夢境戰地甦醒，有時在雷薩卡，有時在塔拉普薩，有時就像是蒙特里，在轟炸洗禮城市的破敗街頭逐家戰鬥。

也許正是諸如此類的事件，永永遠遠改變了曾遭擄走的孩子，他們被捉走時承受的暴力、父母遭到殺害等事件改變了他們。也許這在他們小小的心靈裡沉澱滯留，雖然沒有形體，他們並未能察覺，卻強而有力。

現在已經沒有人能輕聲細語喚醒他。他鬆開捲起的大衣，閉上眼讓自己冷靜，接著又倒回去繼續睡。

隔天他們只待在露營地，他幾乎整天都在天篷底下呼呼大睡。後來他們騎馬進入僅有一間商店的克蘭菲爾德山口，採買生活用品和一百一十公升的小型集雨桶，塡滿水後繼續前進。

他們次日共走了三十二公里，進度驚人，主要是因爲道路平坦，是好走的優質沙地，加上芬西休息充足。上尉已經覺得好多了，於是他們繼續上英語課。現在她能數到一百，也會自己綁鞋帶，前提是他要能說服她穿鞋。她還會唱歌曲《艱難時刻》的第一句歌詞。她現在已經分得出他手錶上的時針和分針，肚子裡滿滿都是烤雞和能量。「時間，*Kontah*！時間到，時間到。」她在駕駛座上站了起來，跳起凱奧瓦孩子最愛的兔子舞。他叫她別再跳時，她縱身躍下馬車，跟在馬車旁奔跑，然後在地上發現一只印有一隻蜜蜂的軟膏罐蓋子，嘴裡發出嗡嗡聲，又拿起蓋子上下飛舞。

整段路上，他們只和兩輛農用搬運車和一組騎兵部隊擦身而過，這些騎兵被從聖安東尼奧派遣至錫爾堡。部隊少校提醒上尉要保持警戒，路上有突襲者，就躲在丘陵區裡。

「那你怎麼不逮捕他們？」上尉問。

「我有職務在身，先生。我們不能任意脫隊，爲所欲爲。」少校兩腳往馬匹身側用力一夾，揚長而去。喬韓娜沉默不語地坐在馬背上，望著他們前進北方的背影。

他們在蘭福德小灣鎮紮營，他覺得體力已經完全恢復。蘭姆巴薩斯有一處美妙泉水，他曾多次行經該泉，這裡很適合攤開毛毯放鬆。他們來到平坦的高地鄉間，這裡樹木稀少，樹叢長有荊棘新葉而多刺。

四年前，他曾在前往北德州時走過這條路，那是瑪莉亞・露易莎過世後的一年，他已經搬出聖安東尼奧的優美西班牙城鎮，不再住在兩層樓高的石樓，揮別了裝飾精美的鑄鐵陽台和鋪有石板木瓦的小農舍屋頂。這些老舊的西班牙房屋背對著河川，自一七三三年加納利群島的移民遷居此地的年代開始，屋主就詳細記錄曾待在這棟屋裡的代代子孫，貝塔恩科特家、雷亞爾家都隱退至擦得光亮的木窗柵欄後方。他們退至磁磚地板的蔭涼裡，退至揮動的扇子、絲面紗和聖費爾南多的早晨彌撒裡，後來德國和愛爾蘭天主教徒漸漸占據教堂座席，說著西班牙裔聽不懂的語言。而西班牙——光的女兒，信仰捍衛者，摩爾人的鐵鎚——則黯然褪色。

他回想起昔日的河畔小旅行，女孩們長得和母親像一個模子刻出來的，擁有霧灰眼珠、深色鬈髮，行經的小船叫賣著甜瓜。還有雄偉柏木。有株三十公尺高的柏木矗立於水深及膝的聖安東尼奧河裡。眞是愉悅的回憶。

他與她相逢時，他正在阿爾瑪斯廣場經營自己的印刷廠，排列鉛字、裝上墨水，事必躬親，參與了每一個文字印上紙張的過程。隨便拿起一條鉛字倒著看，他都能讀出是哪個字，從印刷聲就能判斷是否印得好。他對墨水和用紙瞭若指掌，儘管不是親自傳遞訊息的那個人，但能爲全世界印製出完美訊息已讓他充滿成就感。

她人已經不在，就算是如此美麗的城鎮，又有什麼值得留戀？他努力朝天仰頭，清空腦袋。他們就這麼離開，不再有隻字片語。從某個奇怪的層面來說，這很讓他惱怒。一句話、一個徵兆都沒有。沒有來自另一個世界的訊息，或許其實本有徵兆，只是他一直視而不見。他凝望著兩隻卡拉卡拉鷹張開黑如海盜旗的羽翼翱翔，老鷹頭頂著紅色兜帽，胸前穿著白色背心，然後上尉聽見喬韓娜哼唱著《艱難時刻》：就是遮首歌，皮杯的人嘆息……

「是疲憊。」他微笑著糾正她。

「是的，沙尉，是皮杯，皮杯的人嘆息。」

他們現在距蘭姆巴薩斯僅剩幾公里，周遭灌木猶如骨頭般僵硬，渾圓樹葉在風中震顫。北方的卷雲流彷彿覆蓋著一層糖霜的沙塵暴，也像自北極地區傾巢而出的高空迷霧薄紗。或許新風暴即將降臨。

沒多久他們就來到丘陵地帶，滿是深峻峽谷和高聳峭壁。清溪切割出層層疊疊的石灰岩，要是遭遇凱奧瓦和科曼契突襲，他們可以更容易找到掩護保身的地點，不過關於這點，還是等遇到再說。他們持續前進，短途輕馬車的輪子翻捲起黃粉色煙霧泡沫。有一段時間，除了他們，舉目不見其他馬車。

但過了沒多久，他們就遇見一名乘著雙輪單馬車的老太太。他從大老遠就看見這輕微抖動的深色圓形物體，猶如甲蟲變身而成的交通工具，骨瘦如柴的馬腿顫抖地拖拉著馬車，兩個車輪上方架著模樣彷如手風琴的頂篷。

「欸，沒想到居然還能遇到人呢。」她說，單馬車停在他們旁邊。老太太纖瘦嬌小，戴著一頂時尚的麥稈寬扁帽，帽子瀟灑地歪斜至一邊，花白頭髮在後腦勺下端紮成一個髻，她戴著一副合手的棕色駕駛手套。

「是啊，太太，請問您要去哪？」

「我要前往杜蘭德，我猜三天應該到得了吧。很多人試圖打消我的念頭，但我懶得理他們。我有件訴訟案要打。」

「我懂了。」上尉說，「您是從……？」

「蘭姆巴薩斯來的。」

「那我有個不情之請，麻煩您幫個忙。」他伸手一把撈起裝有硬幣的帆布袋。「若您能幫我把這兩枚五十美分硬幣轉交給杜蘭德的桶板工廠老闆，在下將感激不盡。那人是做掃帚的。」

「那個人渣！」她說，「不管你是爲何要付他這筆錢，他都不值得，我不是很想接受這個委託。」

「求您別拒絕。我們不愼帶走他兩隻母雞，不希望被當成偷雞賊，這讓我很困擾。」

「德州沒有哪隻雞價值五十美分，先生。」

「我只是想致上最大歉意。」

「您眞是有心人。」

「偷雞賊不應得到如此正面的評價。」

「說得是。好吧，交給我。」

他步下馬車，將硬幣交給老太太，「有勞您了。」他說，輕輕舉起汗濕的老寬邊帽致意。

「你要上哪兒去？」

「卡斯特羅維爾。」上尉說，「我是種子採購員。」

「很好，那小女孩看人的眼神很獨特，是否精神不正常？」

上尉走回馬車，拾起駕駛桿上的韁繩：「不是。預祝您旅途平安。」

□

正午時他幫帕夏裝上馬鞍，換騎這匹馱馬，這地區不太友善。他裝好馬鞍後總算心甘情願認老，伸手從成堆毛毯裡抽出羊毛毯，披上馬鞍座椅，眞的比堅硬皮革舒適多了。喬韓娜觀察著四周，因爲知道那個奇怪的老太太走了，深藍色眼眸變得溫和。上尉在芬西的轡勒環上扣了一條繩索，前進時一手牽著那條繩索。他們很快就會抵達蘭姆巴薩斯，帕夏輕鬆順暢的腳步讓整趟旅途愜意，上尉情不自禁地輕拍牠的頸部，撫弄牠的鬃毛，想將牠的鬃毛都撥至一側。

□

蘭姆巴薩斯的紛爭頻傳，而他之所以知道，是因爲幾年前曾行經這座城鎮。兩大家族的惡鬥是問題起點，這兩家族分別有成群兒子；也許是人性吧，兩家的小男孩一起長大，進入青春期後開始打架，起初只是好玩，後來卻演變成有人掛彩重傷，接著不知不覺發展成復仇戲碼。

他們身邊的暗褐色野草皮在微弱日光下閃閃發亮，彷彿點綴著雲母和石英，隨著白晝延長，初春第一株青草鑽出褐色草皮。他逐漸發現通往蘭姆巴薩斯的路上人潮不斷，他猜測大概是因爲這天是週六，該地區的人可能認爲週六就應該進城購物、尋尋樂子、找個伴徹夜狂歡，隔日再睡到宿醉消退，或在早晨上教會，再不然就兩件事都做，睡到酒醒再上教會。

三月邁入第二週，萬物溫吞成長，人們此刻才恍然大悟世界不會永遠冰寒蕭瑟，這高海拔丘陵地像是毫無預期、突如其來地獲得青睞般，回應著豐沛春雨和延長日照。甦醒吧，醒一醒，昏睡睏倦的汝。春風清新潮濕，他們駕著馬車行經蘭姆巴薩斯河的布魯克渡口，一如半乾旱地帶，這兒的青草亦生長在河水流動、風兒輕輕拂過頭頂的河床邊、河谷、溪水渡口。豐實茂盛的蘆荻叢生長在小小的蘭姆巴薩斯河谷裡，它們亮澤生輝的穗整齊劃一地左右搖曳。

他們再度回到平地時，上尉和喬韓娜碰到了一組騎在馬背上的男子，四個人背後懸掛著牛仔帽繩，尾端還有流蘇綴飾。這四人全副武裝，接著便命令他們這些排成一列前進的馬兒止步。這群人是人們口中的「牛仔」，隨著這個專門職業發展，數百萬頭水牛遭到射殺。

上尉停下帕夏和芬西，由於顧慮到喬韓娜會不安，他步下馬車，站到人在前座的她旁邊。喬韓娜不動聲色地越過座椅靠背，翻過身時裙子飛揚，然後坐在集水桶和糧食用品箱間的馬車車斗上。她像是一隻溜進洞穴的水獺，躲進她的墨西哥斗篷裡。

「療癒礦物溫泉水。」其中一個男人唸出來。

「還有彈孔。」另一人說。

他們戴著寬沿帽，抵擋殘酷無情的烈日，帽沿遮蔽著開襟V領領口前露出的皮膚。馬鞍右側掛著繩索，四人都是右撇子。他們坐在配備扁馬鞍角和後肚帶的哈伯德媽媽馬鞍【註】上，

編註：這是種出現在一八六〇年代的較輕便馬鞍，適於長程驅趕放牧牛隻，受到當時牛仔們的喜愛。

左側繫著幾束豬尾巴鞍穗。

「你們從哪裡來的？」

「杜蘭德，」上尉說，「我們要去卡斯特羅維爾，就在聖安東尼奧西部二十四公里處。要我掏出地圖指給你們看嗎？」

「不用了，先生，」另一人說，「我知道這地方，蘇特・懷斯就是在那裡採買種子的。」他停頓半晌，「我不知道他的名字怎麼拼，他是德國佬。」

「若是德國人，應該是S-c-h-u-t-e-r。」上尉說，「請問你們特地攔下我們，有何貴幹？」

他們面面相覷，馬兒的腳步也隨之移動。這幾匹馬都是鬃毛粗長、豐盈尾巴掃著道路的小馬，屬於野馬。馬兒尾部像惠比特犬一樣，自背部傾斜而下。

「從這裡到卡斯特羅維爾之間的路上有很多突襲，」其中一人道，「科曼契人和凱奧瓦人會把人逐出丘陵，印第安人在底下有掩護，從這麼高的地方，你是看不見他們過來的。下面幾乎空無一人，都被趕光了，你最好多多留意當心。」

「我會的。」

「那就好。你打算進蘭姆巴薩斯嗎？」

「這條路本來就會通到蘭姆巴薩斯，既然這是唯一路線，我並不考慮跳過這座城鎮，直接進入蘭巴姆薩斯郡的荒原。還是你們有其他建議路線？」

個頭最高的牛仔說：「先生，我記得你在梅里迪安朗讀過報紙，你讀的新聞很有意思，所以我就不和你拐彎抹角了。你最好別去威利與托蘭經營的酒館，那間酒館叫作『寶石』。我之所以告訴你，是因爲我覺得你最好知道，霍瑞爾家的兄弟只要不在外頭射殺墨西哥人，就窩在那裡喝酒。」

「是嗎？你的意思是他們不歡迎我去那間酒館？」

四人面面相覷。

「你告訴他吧。」其中一人說。

「好吧，」高個兒說，「他們對東部報紙的反應很極端，就是那幾份有展示牛仔木版畫的報紙，他們認爲自己應該要出現在報紙上，所以要是你去那裡讀報，他們恐怕會騷擾你，要你朗讀有關他們的報導文章。」

「你是在說笑吧。」

「我不是在說笑。這群人腦袋不大靈光，每個人的腦袋都少了根筋。我們聽說你要來的時候，我說，啊，該死——我無意冒犯，小姑娘——（他碰了下帽子）那位上尉肯定是要來鎮上讀報。我和我兄弟曾在梅里迪安聽你朗讀過一次，世界各地的趣聞讓我們印象深刻，我們眞的很欣賞你的朗讀。」

其他人點頭如搗蒜。喬韓娜看見那男人觸碰帽子後望了她一眼，忍不住好奇這動作代表什麼意思。或許是一種警告，他可能隨時會把帽子丟向她，也可能朝她拋出詛咒咒語。

「感謝你們的美言。」上尉說。

「然後我說，我敢打賭霍瑞爾兄弟肯定以爲自己出現在東部報紙上，要是發現沒有，他們絕對會騷擾上尉，再說那天有農夫工會會議，另外還有一場舞會，他們的情緒一定激昂無比，班傑明會興奮到舌頭打結。」

「還是你有先見之明。」另一人說，他腰部鬆懈柔軟，轉身看著上尉，他那匹躁動倔強的小馬動作明快，往左一撇，試圖甩掉馬背上的他，於是他將馬轉回右側，再繞回原本面對上尉的位置，說：「別鬧了喔，你這小混蛋。」他又摸了下帽子：「無意冒犯，小姑娘。」

喬韓娜一臉僵硬，在墨西哥斗篷內縮成一團，這是她最喜歡的紅色羊毛巢穴，她的魔法保護罩。

「多謝你們的關心。」上尉說。

「很高興幫得上忙，」高個兒說，「我們在賓恩川的草叢趕牛群，正巧遇到打算北進杜蘭德的貝克太太，她告訴我們她看見你，還說你為了偷走幾隻母雞的事操心，所以我們就騎馬過來找人了。」

「啊，這樣啊，沒什麼大不了的。」上尉說，他站在帕夏身旁，輕撫下頷，帽子低低壓在額前。

「是啊，先生。我這位老哥說：『哎呀，是基得上尉，我們最好擱下工作，警告他一聲。反正牛群可以多等一天，牠們已經夠野了，不差這一天。』」

另一位兄弟說：「不可能更野的。」

第三人說：「你知道嗎，我們今晚會在這附近落腳。」

基得緩慢點頭，說：「你們沒有帶鋪蓋捲吧？」

「是沒有，先生。不過我們會找塊地，隨地躺下就能睡。」

「我懂了。」上尉沉默片刻，苦思著霍瑞爾兄弟的事，這些痴心妄想的人活在自己的世界裡，貪而無厭地追名逐利。

「那麼英格蘭的報紙呢？」上尉問，「他們會期望自己出現在《倫敦時報》首頁嗎？」

「先生，」高個兒回答，「霍瑞爾家的人根本不曉得這世界有個叫作英格蘭的地方。」

「啊，非常感謝你們提供的情報。」上尉一腳踩著馬鐙，躍上馬背，都七十一歲高齡了，他還能從平地踩上一百六十公分高的馬背，這讓他感到很驕傲，雖然略感疼痛，但他毫無退縮，一腳跨過馬鞍。想來在這裡讀報是不可能的事了，他說：「我會在泉水附近找個地方，安頓我的馬和這柔弱小姑娘，出蘭姆巴薩斯前，我絕不會輕舉妄動。」

不對，是七十二歲。他在三月十五日，也就是昨天，剛滿七十二歲；他在蹄鐵灣度過十六歲生日彷彿只是一晃眼的事，當時他肯定不會相信自己能活到這把歲數，更別說能在迢迢道路上騎著馬，毫髮無傷地抵達西部。他不僅活得很好，還感到莫名幸福。

第十七章

他本來已打定主意，不計代價都要避開霍瑞爾兄弟，卻沒料到他們居然主動找上門。

他們把馬車停在美麗的蘭姆巴薩斯泉水周遭的高大櫟樹旁，上尉正在準備紮營。泉水位置較低，在乾燥的高地丘陵地區，算是綠意盎然的低地，水池猶如鏡子般映照反射，池水表面在樹幹上投射出閃爍光線。優雅蓊鬱的蘆荻佇立一側，高聳的蘆荻頂部猶如羽毛般蓬鬆。生氣勃勃的鳥兒歇在頭頂的粗壯樹枝上，牠們正在春季往北遷徙的路上，才剛從墨西哥過來，有緊張兮兮、動作急促的知更鳥，嗓音低沉的擬黃鸝，猶如小丑繽紛斑斕的麗色彩鵐。

霍瑞爾兄弟坐在馬背上，凝望著上尉和喬韓娜開始卸下用具。他們的座駕是上好等級的馬，上尉從牠們的身體曲線看得出，這幾匹馬可是冶金塵【註】血統的紅銅臀品種。他們坐在那裡，細細打量正在泉水旁長長草地上吃草的帕夏。頭頂的櫟樹高聳參天，輕柔晚風吹拂過水面，上尉對他們視而不見。

編註：冶金塵（Steel Dust）是一八四〇年代的名馬，美洲夸特馬（American Quarter Horse）的基礎種馬之一。

「你就是那個朗讀報紙新聞的人。」

「對，我是。」

「這樣啊，那我們怎麼沒出現在新聞裡？」

「我哪知道？」上尉說，「報紙又不是我編撰的。」

「我叫梅利特．霍瑞爾，這是湯姆，我弟弟，其他這幾個也是我兄弟——馬特、班傑明和山姆。」

五兄弟身穿著來自兩個陣營、五花八門的制服物件拼湊而成的服裝，鈕釦失蹤，顏色褪爲一致的暗藍灰色。其中一人腳踩兩種不同馬鐙，一個是金屬製，另一個是木頭製。他們頭頂的帽子似乎不合頭型，年紀最輕的弟弟，或至少是個頭最小的那一位，目測年齡不超過十四歲，他戴了一頂超大圓頂窄邊禮帽，上尉發現他的帽子大到得往內圈裡塡塞破布或紙張，才能讓帽子符合頭形，看起來很像飄浮在那顆小頭顱上。不管是哪個女人撫養這五個男孩，現在肯定已入住郡立精神病院，前提是蘭姆巴薩斯郡有精神病院，要是沒有，勸他們最好趁早蓋一間。

「幸會，諸位先生，」他說，「也許你們確實有登上新聞，很可能出現在東部新聞。例如芝加哥或喬治亞州飽爾格朗德的小報。你們想一想。」上尉抖開他的報紙，「你們很可能上了倫敦，甚至加州的報紙。」

「呃，我們是該上報。」梅利特說，他的目光呆滯，卻帶有某種奇異的炯炯光芒。「我們殺了不少墨西哥人，你覺得報紙有寫我們什麼，那也是應該的。」

他摘下帽子，以手刀拍打帽子頂端，拉平縐褶，他的黃髮像是以長柄平底煎鍋梳理般僵直。

基得頷首：「你們殺戮這麼多墨西哥人，沒人出言反對？」

「沒人啊。」梅利特戴回帽子，雙手在馬鞍角前交叉著。「戴維斯州長趕跑南方聯盟的人，此後就沒再找新人遞補。偶爾會有軍人前來巡視，我想他們就可能會反對。」

「可能吧。」上尉伸手取過一綑繩索，轉身在兩棵樹中間繫起繩子，然後把毛毯掛在繩索上通風。

「他們會幫我們做木版畫嗎？」

「我不知道。」

他抬起眼，望見喬韓娜已經溜到泉水的遙遠那端，她站在蘆荻旁，凝視著他。他爲之震驚，她居然可以悄然無聲地移動，深沉陰影底下，她簡直就是頭髮飄逸的赤腳幽靈，蘆荻穗隨著刺骨微風起伏，在她周遭和頭頂搖曳生姿。

「這樣吧，」梅利特說，「你可以來鎮上的酒館，酒館名稱是寶石，另一家叫作大西部，不過你應該來寶石讀報，描述我們追捕人見人恨的紅人、殘酷謀殺海金斯兄弟的故事，即使有戴維斯冷酷無情的州警，我們也照殺不誤。」

「我希望你們不介意我遲到。」

「不會的，先生，一點也不。你什麼時候來都歡迎。要是聽眾不想聽你讀我們的故事，倒也無妨，我們不反對他們離席。」

他當晚沒有去酒館，只是挺直坐著、等著，他的獵錶還沒走到九點鐘，已經聽得見城裡傳來像是霍瑞爾兄弟喝得爛醉的喧囂，從泉水這兒可聽到他們的聲音，以及遠方傳來的微弱音樂和呼喊聲。他在暗夜世界裡眼觀四面，耳聽八方。他嗅到菸味，望著帕夏吃草吃到一半抬起頭，視線越過泉水對岸，基得臆測應該是有其他馬匹，但帕夏並沒有發出嘶聲。上尉看見點燃的香菸火光。那一夥人就在這裡，他們遵守承諾，守護著他和喬韓娜，並且輪流看守。上尉徹夜未眠，只是靠在車輪上呆坐，手裡握著左輪手槍，然後在曙光乍現前離去。

第十八章

他們總算往南進入丘陵，這裡一片風平浪靜。

他騎著帕夏，並在馱馬的挽具底下放了塊馬鞍毯墊，腰帶上再插著一把屠刀和左輪手槍。要是遇見突襲者，他可以割斷馱馬挽具，將喬韓娜抱上馬鞍墊，這樣他們可以丟下馬車逃之夭夭，也許對方要搶馬車，就不會那麼快追上來。

科曼契人多半來自北方紅河，蘭姆巴薩斯對岸的貧瘠曠野。馬車背後捲起的滾滾沙塵即使是幾公里外都看得見，於是他們盡可能避開城鎮和堡壘。往南進入丘陵時，他們發現了供應遮蔽的庇護所、水源和與世隔絕的農地。科曼契突襲者最喜歡這種丘陵地，這裡偶爾發生鬥爭、掠奪搶劫，也不會有士兵軍人攔阻。

他們翻山越嶺，穿過一座座河谷，而世界也在「療癒礦物溫泉水」的馬車輪子下消逝，藍色地平線吞沒了層疊山脊。

他們來到隆起高處，上尉謹慎地靠著路邊行駛，如此就不會被天光照出行蹤，也不會被人攔下。他靜靜坐著長達十五至二十分，眼觀四面，耳聽八方，留意是否有人煙動物的跡象，是否有突襲隊伍的蹤影。他聽見松鼠被騎士打擾到時發出的斥責聲，看見在頭頂盤旋的禿鷲，牠們兜著螺旋狀圈子打轉，代表附近有死屍，可能是人類，也可能是動物遺骸。上尉也觀察牠們是否忽地驟降俯衝，禿鷲是好奇心旺盛的鳥類，乘著驚人羽翼，猶如石頭下墜，檢視地面某樣新鮮或不尋常的事物。

喬韓娜也暗中觀察，不玩翻線遊戲，也不用英語造句。她穿著拘束著雙腳的鞋子，將霰彈槍擺在腳邊。由於濃郁煙味可能飄散至遠方，所以上尉沒有抽菸斗，他試著在空氣裡嗅出他人的菸味，卻什麼也沒聞到。風已經止息，他從隆起高處掃視腳底下的樹梢，前後都不放過。他環視櫟樹和大果櫟樹，還有峽谷間偶然竄出頭的山胡桃樹，張望是否有風吹草動，抑或人爲跡象，卻什麼都沒發現。於是他們繼續前進。

他手裡牽著馱馬的繩索。他們一大清早就出發，晨星爲他們指點出東西方。他們行經廢棄農場，發現偶有以石頭爲藩籬的零星小木屋，其中一些已燒成廢墟。

他們通過拉諾北邊的紅色花崗岩鄉間，那裡的群山是粉紅色花崗岩；滿坑滿谷的寬葉不死鳥和麒麟菊立在挺拔洋紅色莖上搖曳生姿，還有成畝的矢車菊。現在是丘陵百花齊放的季節，村裡長著這兩匹馬兒喜歡吃的新草和白尾鹿最愛的嫩草。夜裡，有著十六環條紋尾、耳如蝙蝠、眼睛彷若七葉樹果般圓滾的環尾貓，小心翼翼地撿起馬兒不愼漏掉的玉米粒，往嘴裡一塞，而上尉和喬韓娜僅是靜靜望著。環尾貓好奇無畏地坐在距離火光最遙遠的那端，喬韓娜對牠低聲喃喃地說著凱奧瓦語，聲音裡充滿喜悅的轉調。

他們來到一間破舊小屋，他停下馬車，走了進去。屋裡有破杯子，還有掛在釘子上的連身裙布塊、一個沒有頭的洋娃娃軀體。他用刀子挖出一枚鑲嵌在牆壁上的點五〇口徑子彈，然後像是紀念品般，動作輕柔地將它擺上窗櫺。這些是回憶、愛、觸動心弦的深刻音符，就像他成長的喬治亞州老家。這個地方曾住著人，而他們最親密的記憶就是飲水後將長柄勺投入水桶裡的聲響，以及勺子落入底部的聲音。子夜的靜謐。曼陀羅花的藤蔓陰影壓在窗上，四散的影子輕柔催眠。空氣裡飄散著新生小牛的氣味，斜長的太陽光束鑽進後門，灑落在磨損的木板上，照亮每個木頭節疤的輪廓。這是某人父親、祖父、伯伯無數年來走至穀倉的熟悉小徑，他們沿途喊著「馬兒啊，馬兒」，提著水桶手把，踩著悠哉的腳步走著，走在樹木之間、走在這邊與那裡之間、走在幼年和成年之間、走在天眞無邪與死亡終點之間，長年行走的小路如今已磨平，馬兒回應的呼喚聲令心臟喜悅跳動，經過一天辛勤工作，在漫漫沁涼的夜晚，你能從聲音認出每一匹馬，心甜蜜地融化了，心跳和緩，尖銳不再。馬兒啊，馬兒，然而這一切卻在大火裡化爲烏有。

有天夜裡他們下山來到小溪渡口，清澈溪水在龐大曲折的峭壁間蜿蜒，一條條將平坦石灰岩層刻鑿成深洞，頭頂大樹低垂，給人一種身在隧道裡的錯覺。明亮萊姆色調的鐵線蕨自石灰岩間鑽出頭，水氣滲入石灰岩，因而帶有水氣、濕潤石頭和青綠蕨類的味道。窟窿裡有個原木打造的冷藏間，上尉往裡頭一瞧，有用來裝牛奶壺的石刻小小水槽、裝乳酪的方形池子、可能用於裝肉的金屬器皿，水很冰冷。

這裡有幾處深水坑，水質晶透清澈，其中一個巨大深坑就在渡口下游。他們聽見遠方有人正在吶喊，可能是越過山頭抑或自山頭傳來，他聽不出是哪國語言，豎起耳朵在原地聽了好長一段時間，接著叫喊聲停止，他和小女孩默不出聲，端坐在那兒許久許久，卻再也沒聽見吶喊。

儘管如此，她仍要游泳、用肥皂洗澡，於是上尉把「療癒礦物溫泉水」馬車駛進一座十分狹小、通往大溪流的山谷。他鬆開芬西的繩索，往飼料袋裡注滿硬玉米，然後牽著牠們走進越來越狹窄、綠葉茂密叢生的小山谷，將馬兒綁在那裡。馬兒吃飽後，就把牠們藏在原地。雖然牠們被綁了一整晚，隔日清晨會忿忿不滿，但至少可以確保牠們今晚安全無虞。他總不能冒著失去牠們的風險，讓馬兒漫步吃草。

他回到潺潺小溪，背對喬韓娜坐下。喬韓娜跳進深水池，穿著杜蘭德河邊兇巴巴太太給她的褲子，小心安靜地變換泳姿，她沒有潑水，肥皂泡泡無聲無息地滑落於溪水中。他在水盆裡洗了把臉，刮好鬍子，然後生了小火煮晚餐，煮完飯便迅速熄滅炊火。他們坐著吃晚餐，豎起耳朵聆聽四周動靜。年輕人所組成的突襲隊伍擁有屬於自己的規則和宇宙，文明戰爭的細膩差別不在他們的規則裡，老人和小女孩對他們來說是可以下手的對象，印第安戰爭裡沒有平民百姓。晚餐過後，上尉和喬韓娜回到冷藏間裡坐著，聆聽潺潺流水的呢喃細語。躲在陰影裡的他們可以繼續守望，或許還可以睡上一會兒。汩汩水流聲很舒心甜美。

頭頂的兩株碩大櫟樹懸挑於溪水之上，綠葉墜落至水面，一次一片。發出的新葉一寸寸推擠著老葉，將它們一寸寸推出枝頭。它們又小又硬，猶如一美分硬幣般墜落。

他望出冷藏間的窗子，赫然發現頭頂一根垂墜的粗壯樹枝開始搖晃，猶如一美分硬幣的樹葉像是小陣雨般撒落。

他倒抽了一口氣，發出小小驚嘆聲。一開始還以爲是費勁撐在河岸的碩大櫟樹總算撐不住，要從頭頂墜落，這種狀況他曾見識過一次。小女孩驚醒，站到他身旁的陰影中，從小窗子望了出去。

有一個人形從寬闊樹枝上墜落，這個畫面令人震驚到這一秒彷彿永恆般漫長。一個蓄著長金髮的纖瘦年輕男子從樹上降落，他一手將弓箭高舉過頭，降落的那一刻，月光灑在他身上，髮絲彷若紡織亞麻布料，在頭頂飄逸飛揚，像極了一朵黃金雲。他有一邊頭髮削薄——是凱奧瓦人。年輕男子落在水面，水幕薄扇在他四周猶如水晶般爆破。

接著他浮出水面，武器高舉在頭頂，划過河水上岸。

上尉手裡握著左輪手槍，他轉過手，把槍管轉向外側。河水波光反射在他眼睛下方，映出一小塊深藍。他不禁好奇她是否會背叛他，是否會大聲吆喝年輕俘虜和他躲在上方峭壁的同伴，這是否將是自己在這世上的最後一夜。這不正是她一直引頸企盼的結局？回到凱奧瓦人身邊，回去過她所認識的生活，與那些她視為族人的人們共同生活，將他們的神視為她自己的神。

可是當他轉過頭，望入她的雙眼，她卻僅將一隻手壓住他的手臂，輕輕搖頭。接下來他們旁觀著另外三人輪番躍下櫟樹，降落水面時激起一片水幕，然後游至岸邊。空氣裡傳來輕柔低沉的凱奧瓦語，他們在竊竊私語，之後便遁入黑夜。

也許他們兩人僥倖逃過死劫，弓箭之死，美麗之死，暗夜之死。

□

他們繼續往南挺進卡斯特羅維爾。

他們經過位在外緣的丘陵小鎮弗雷德里克斯堡，當地氣氛緊張詭譎，無力自我防禦。居住人口幾乎清一色是德國人，他聽說這座小鎮叫弗鎮，貫穿小鎮的主要街道相當寬闊，足以讓三、四輛車並列通行，等於公然邀請戰士俯衝至道路中央，朝兩側隨心所欲掃射。

主要街道上，黃昏落日不疾不徐、無聲無息地灑落一地紅光，旅店燈光點亮、燈火通明，芬西腳踝邊捲起滾滾塵土。上尉一如既往地要了兩間房，順便支付浴室和洗衣太太的費用。當地人從旅店老闆口中聽說上尉和喬韓娜的名字後，都紛紛前來，圍繞著綠色短途輕馬車猛盯著他們瞧。小女孩是用德國銀幣贖回的俘虜喬韓娜・雷昂伯格，他們曾從碧昂卡・巴伯的祖父那裡聽說銀幣的事，他也將孫女從印第安領地救回。

他們給上尉建議和警告，還提到俘虜的行爲舉止很詭異，他們不喜歡白人，眼神不正常，可能是喝了神祕藥水或毒品才變這樣。這是唯一的解答，唯一合理的解釋。

因爲鎮裡沒幾個人能以英語交談，更別說是理解報紙上的英文，對於外界發生的事也不甚瞭解，所以上尉心知肚明來的人不會太多，不過他還是打算讀報。他的主要用意是讓喬韓娜學習坐在門邊收錢的合宜禮節。事實上來的人越少越好，這會是專屬她的練習時間。他張貼廣告，獲准當晚借用社區教堂，並且詢問鎮上是否有可以幫他修理破車輪的鐵匠，但當地鐵匠已在前往克爾維爾的途中遭遇不測。

他們在她房間裡享用麵條、羊絞肉，以及奶油醬製成的德國菜。他還是信不過她在餐廳用餐的禮儀，不過她煞有其事地把餐巾鋪在大腿上，生硬地用叉子水平將每一口食物送至嘴巴前，瞄準後再塞進嘴裡。

「焦哈那遮樣口以嗎？」

「我想沒問題。」他說。

她猛吸了一條麵，麵條啪嗒一聲彈在她的鼻子上。

「喬韓娜！」

她笑到飆出眼淚，撥掉黏在臉上的頭髮，然後繼續瞄準食物。上尉本來想要裝出嚴厲的表情，到頭來還是放棄。他興高采烈地大快朵頤麵條和醃過的白花椰配菜，他已經很久沒吃到一頓美味晚餐，或任何用牛奶或奶油料理的菜，更別說他們還不必在水桶裡洗碗。

「那只錶。」她說。他從口袋裡撈出錶，打開。

「再三十分鐘。」他伸出錶，說：「我們七點就得開始讀報。」

「是小指針到七，大指針到十二的時候嗎？」

「沒錯，親愛的。」他說，然後遞給她一條浴巾，手指向通往浴室的走廊：「去吧。」

這間人民教會既是教堂，也是社區會堂，緊急時刻也可當作堡壘。在聯合教堂裡，他讓喬韓娜坐在門邊，把顏料罐放在她身旁的蕨類盆栽支架上。

「一角唷。」他說，高高舉起一隻手，「好好待著，別亂跑。」然後他步出門，旋過身子再走回來，假裝頭一遭注意到喬韓娜的存在，說：「請問是十美分嗎？」

她馬上就懂了，指向顏料罐：「一角唷！」她態度堅定地厲聲道。就這樣，當晚他朗讀了幾份東部報紙，喬韓娜則負責擔任守門人，彷彿她等了一輩子就是在等這個角色。她用木然的藍色眼眸猛盯著每個進門的人，指著顏料罐說：「一角唷，習分淺。」這句話來自一個下排牙齒猶如白色柵欄、綁著黃褐色辮髮、身穿格紋連身裙的小女孩。她不知何時從記憶深處挖出另一個德文字，有一個人不經意地走過她面前時，她大喊：「*Achtung*！習分淺！」

快樂和活力再度重返他的朗讀世界。他的聲音重拾過去曾有的活躍，讀到幽默趣聞時也能跟著微笑。北印度婦女不願說出丈夫的名字，記者攔截到稀奇古怪的電報訊息。他回憶在威奇托福爾斯遇到她前，他的人生形同嚼蠟。聽眾哄堂大笑時，他看見她開朗強悍的小小臉龐也隨著笑逐顏開。很好，笑聲對靈魂和內心世界大有好處。

□

當晚他和她走回旅店，然後送她回她的房間睡覺。她打了個超大呵欠：「大馬額，小馬額。」雙手抹了下床罩，又打了一個呵欠，接著便倒回床，沒三兩下就睡著。他躡手躡腳地走出房間，心知肚明明早又會看見她睡在地板上，但現在已經進步很多。他們洗好熨燙過的衣物已經摺好、擺在他門邊，明早他們又可以像個文明人，打扮得乾淨整潔。他想著喬韓娜是怎麼琢磨至今日模樣，磨去了原本尖銳的邊角。上尉就著他的燈而坐，想要找幾篇沒有時效限制的報紙文章，像是化學發現和天文驚奇的娛樂文章。阿方斯・包瑞利發現一顆小行星，命名為呂女星；羅斯伯爵計算出月球的表面溫度是攝氏兩百六十度。緊要關頭有這幾篇已經很夠用。他擺好旅行要換上的服裝：老舊粗糙的法蘭絨彩格襯衫，他的繫帶鞋、乾淨襪子。眼前這段向南挺進班德拉的路將是舉步維艱的六十四公里，要是他們遇害、頭皮遭到剝除，至少被找到的遺體將會是血淋淋卻瀟灑而整齊。

他取出點三八手槍清理，重新裝配，然後列出一份購物清單：飼料、麵粉、彈藥、肥皂、牛肉、蠟燭、信念、希望、寬容。

第十九章

他們總算來到班德拉小鎮，當地的波蘭移民都是在鋸木廠和貨運馬車行從業的勞工，他們的閹牛站在街頭，充當前往聖安東尼奧時對抗科曼契人攻擊的護衛隊。一組六至八頭的大閹牛，在主要大街昂首闊步，像是聽著無聲音樂般，頭部左右擺動，跳著笨重的華爾滋。儘管事實證明並非如此，人們仍相信紅人只在滿月出動，而現在早已過了滿月，因此班德拉人活在安穩無虞的假象之中。

他發現班德拉的鐵匠都在忙著修理貨車，替閹牛護衛隊裝釘蹄鐵，維修橫拉桿，在鐵砧上敲敲打打著馬車螺絲，最後他只好作罷，看來破裂車輪圈還得撐上一陣子。

上尉租下戴文波特貿易商行，讀報一個鐘頭的所得足以供應他們前往卡斯特羅維爾的最後一段路。他在報紙上翻出最後幾則要聞，例如德州終於獲准重返美國的新聞。他在牛眼燈光下推了下老花眼鏡。首支職業棒球隊伍辛辛那提紅襪隊成軍，全新運動概念誕生……艾達·開普利是第一名法學院女性畢業生……往來曼哈頓與布魯克林的嶄新橋梁工程持續進行……民主黨以驢子當作黨徽……歌舞雜耍劇團在斯特蘭德宮旅店開幕演出，舞台上女性暴露肢體的程度不可思議。這時喬韓娜已不怕面對一大群白人，她坐在門邊，伸出一隻托著顏料罐的手，向聽眾索取入場費。上尉知道她認爲硬幣既是彈藥，也是交易媒介。她的頭像隻小鳥般左右轉動，檢視一張張臉孔，要是有人膽敢逃票，她就會用有力小手拉住對方的衣袖，嚷嚷：「一角唷！焦哈那咖槍囉！」

雖然他們聽不懂她在說什麼，但她意思已經夠明顯了。

□

背後的山丘一一消逝，直到變成地平線上一條凹凸不均的藍線。進出丘陵區的地勢陡變，他們下山後，地貌瞬間變成短草大草原。離開丘陵後他們來到低海拔處，晚風吹送著來自墨西哥灣和格蘭河下游的輕柔氣息，豆科灌木和雷薩卡德拉帕爾瑪棕櫚的味道，甚至是那些年的大砲煙硝味；雖然已是近三十年前的事，可是這些味道卻永遠如影隨行，就好比任何你做過的事也永遠不離，每一匹自己曾爲牠裝上馬鞍的馬兒，每一個醒來時瑪莉亞·露易莎就在身邊的早晨，每一塊打壓上新鮮紙張的印刷版，每一次打開貝塔恩科特宅邸百葉窗的動作，還有上尉躺在他懷裡漸漸失去心跳的片刻，這些永遠像是他大腦裡糾結的電報線，都不曾遺漏一次發送，眞的很奇妙，太神奇了。南方吹拂而來的輕柔微風夾雜著淡淡鹽巴氣味，吹起芬西的鬃毛。

「沙尉？」

「什麼事，喬韓娜？」

「我滴洋娃娃。」

他思考半晌後，說：「洋娃娃被妳留在紅河了。」

「對，我滴洋娃娃，她看著對岸。看著，看著。」小女孩在腿上攤開雙手：「你要在卡斯特羅維爾讀報嗎？要我說一角唷，習分淺？」

「不，喬韓娜，已經不需要了。」上尉的心臟似乎在顫抖，彷彿心律不整。「不需要了，親愛的。」

她在駕駛座上，坐在靠近他的位置，手輕按他彎曲的胳膊，說：「需要。」

「不，」他指向前路，「伯父，伯母。」

她感到一股寒意撲襲而來，那是一種不妙的感覺，一股寂寞。他是她在這世上僅有的一切，也是她唯一認識的人。他既強壯又有智慧，他們還在泉水攜手抗敵，她現在已經學會用叉子吃飯，穿上難看衣服也毫無怨言。她到底做錯什麼？肯定是哪裡做錯了。他們的馬車行經陰鬱平坦的地形，途經豆科灌木和樹叢或是一片片田野，駕著馬車的白人經過他們身邊，破損鐵輪猶如動作緩慢無比的時鐘，咯噠，咯噠，咯噠。

「*Kontah*大秀！」她大喊，「哈！哈！哈！」他轉過頭，發現兩行熱淚從她臉頰滾滾淌落，汗水和熱氣蒸得她的雀斑更顯耀。她揭起格紋裙子拭去臉上淚水：「*Kontah*？」

「妳會習慣的，」他裝出堅定的聲音說道，「我已經收下一大筆酬金，也承諾會送妳回親戚家，我這人向來說到做到。」

「*Kontah*拍拍搜！」她努力想擠出微笑。

「不守信是很卑鄙的行爲，和搶劫一樣。不，我不拍拍搜。」

她低下頭，太妃糖色調的頭髮像帷幕般遮蓋著她滾燙的臉龐。她聽得懂他的語調，也感受得到他手臂的僵硬。在前方某處等著她的，是朦朧幻燈片般記憶模糊、她要稱爲伯伯與伯母的陌生白人，而他們現在正要去找他們。其他事情她自己都能想通，偏偏就是不懂*Kontah*爲何要走、他要去哪裡。微風並未捎來族人的隻字片語，他們就這麼永遠消失。她抽開那隻碰觸著他胳膊的手，微風吹得裙襬波浪滾滾，她情不自禁嚎啕大哭。破損輪輞數出每分每秒、每一公里，咯噠，咯噠，咯噠。

他們離開南北縱向的丘陵道路，踏上前往聖安東尼奧的那條路，再轉往西部。他們穿越一個如今被犁田一分爲二的鄉間，經過田野時，正在田裡耕犁的人都轉過頭，盯著「療癒礦物溫泉水」馬車，眼神緊跟著他們。

卡斯特羅維爾有成群的高屋頂石屋，有些是兩層樓的方正宅邸，第二層樓有大型拱廊與長窗環繞，女人正在陽台抖著擦塵布和地毯，將灰塵撒在街道行人頭頂。這幅畫面就像上尉曾看過的歐洲村莊版畫，唯一不同的是後院植物是仙人掌和豆科灌木。他們的傳統是在村莊裡生活，每天到田裡工作。在四月一日這天，上尉已經不穿帆布大衣，只穿綁了袖箍的襯衫和吊帶。平坦土地上，天氣和煦溫暖，迎面吹來的風舒適宜人，至少他帶著他們平安抵達，馬兒的狀態良好。

他們行經一間客棧兼磨粉廠，這間工廠座落於梅迪納河畔的長山核桃樹林。無玷聖母教團神學院占地足足三英畝，每條街道都謹慎延續著往昔在阿爾薩斯－洛林的日常生活。赫斯種子公司的大倉庫猶如洞窟，在陰影籠罩之下顯得幽暗。被繫綁在後面的帕夏對其他馬發出嘶嘶聲，後來還是放棄，畢竟馬多到不計其數。

基得上尉聽說，威爾罕姆和安娜．雷昂伯格的家還要再往西走二十四公里，位在城鎮外緣一個名叫德漢尼斯的地方，而雷昂伯格夫婦和他們小女兒的墳墓就在當地的聖多明尼克教堂。他沒有告訴別人喬韓娜是俘虜，也未提及她父母，否則他們可能會成群結隊，帶著蛋糕、派餅和羽絨墊前來，小男孩會吹口哨，小女孩則緊盯著她面無表情的臉孔，大人們會用阿爾薩斯方言對她說話。他們的馬車穿過卡斯特羅維爾，在塵土飛揚的硝石路上，聖多明尼克教堂的聳立尖塔和屋頂款款浮出地平線表面。

他們站在墳墓前，上尉脫帽、將帽子擺在胸前，這是他很久以前學到的禮儀。小女孩雖然好奇卻幾近漠然地瞅著墓石和墳墓上的悲泣天使，然後轉身觀望四周被耕犁馴化劃分、石頭建築林立的鄉間。

「我們回去達拉斯，好不好？」她說，「我不喜歡這裡。」她沉著冷靜，做著最後的掙扎。「我不喜歡這裡，霸托，沙尉，霸托嘛。」

「不行，親愛的。」他踏上駕駛座，拾起韁繩，「我們不能說走就走。」

她杵在墳墓旁，抬起頭，視線掃向平坦鄉間，一陣麻木感頓時占據心頭。勇氣是凱奧瓦人的首要及最終手段，無論多麼絕望，凱奧瓦人都不會乞討、懇求、讓步。她知道要是山窮水盡，她可以帶著絕望形影消瘦，不爲苟活投降。她再度抹了抹臉，爬上馬車。*Ausay gya kii, gyao boi tol.* 爲凜冬做好準備，爲艱苦做足準備。她像是迎戰般地編好馬尾，靜默不語。

他們悶不吭聲地繼續前進，穿越晴朗乾燥的風景，炙熱的午後時光漸漸消逝，咯噠，咯噠，咯噠。

上尉攔下一個騎在馬背上的男人。

他說：「先生，你要是願意幫個忙，我會感激不盡。只要你開口，我什麼都可以給你。」

「您需要我幫什麼忙？」

男人輕鬆愜意地坐在馬背上，馬兒來回踏步。他穿著白色襯衫和深色背心，羊毛西裝外套綁繫在馬鞍後方。他打量上尉，這個外形突出、坐在漆著金色字樣、彈孔累累馬車上的男人，明顯是美國佬。

上尉說：「請告訴我威爾罕姆和安娜．雷昂伯格的農場怎麼走，再麻煩幫我開路，捎個訊息給他們，詹恩和葛蕾塔失蹤四年的女兒喬韓娜．雷昂伯格，已經脫離凱奧瓦俘虜的身分回來了。」

在那個剎那，男人只是愣愣望著他，再望向喬韓娜。她用台夫特藍瓷般堅毅的湛藍眼睛回望他。

然後他大聲嚷嚷：「老天保佑！」

男人對著天空吶喊，一句話都沒再多說，便回轉馬兒，馳騁於道路。上尉看到他的身影轉向南方，前往聖多明尼克教堂後面，接著消失無蹤。春鳥從亭亭青草間飛騰而出，他的右手邊是他們方才離開的山陵，青藍色山峰的悠長鋸齒線條遙遠而平靜。

□

他們來到一條通往雷昂伯格農場的筆直長路，他率先步下馬車，然後朝喬韓娜伸出一隻手。小女孩再度陷入空白痲木狀態，彷彿骨頭般空白。她的頭沒有轉動，只有眼珠轉動，掃視著她親人的農場，她看見石屋還有與石屋等長的漫漫前廊，德州人稱這種前廊爲大型拱廊，農場裡有柵欄、雞隻、農場工具、穀倉、豆科灌木樹、小狗、火傘高張的烈日。受上尉所託率先帶回消息的男人，面帶微笑地站在那兒，手裡牽著馬兒韁繩，他正凝視著喬韓娜。沒人開口，小狗跑來繞著他們兜轉，發出恐嚇的吠叫聲。

「出來！出來！」有個男人步了出來，作勢要用馬鞭抽打小狗。喬韓娜聽見德語時，猛然抬起頭，然後彷彿這些東西剛出現在她眼前般，視線左右張望著農舍和外屋，緊接著又掃向遼闊的南方木叢鄉間，豆科灌木被風吹到朝向田野邊緣歪斜，薊毬花盛開，絲蘭花朵猶如燭台支架高立著，肥沃豐饒而白皙。「伯母，」她喃喃道，「伯父。」

基得上尉脫帽，自我介紹：「我是傑佛遜・凱爾・基得，負責送你的姪女喬韓娜回來。

印第安事務官山繆・哈蒙德是在印第安領地的錫爾堡贖回她的。」

他遞出文件資料，猶如站在寒冬暴風雪中似地靜靜立著。他的喉嚨疼痛，疲憊不堪，眉毛疼痛，尖銳刺痛開始爬上他的頭顱。他的雙手像是地下墓穴的木乃伊，骨瘦如柴、爬滿皺紋。喬韓娜跨過駕駛座爬下馬車，走到上尉旁邊的平地。

安娜・雷昂伯格出來，站在丈夫身邊，基得上尉又用無止盡的幾秒，等待男人讀完文件。上尉說：「我總算把她從紅河河畔的威奇托福爾斯送回來了。」

「是，沒錯。」阿多夫說。威爾罕姆・雷昂伯格並沒有抬眼，只是伸出一隻手，朝跑腿的揮了一揮，他還沒讀完文件。他是個身材矮小的金髮男子，臉部肌膚曬成古銅色。他轉過頭盯著阿多夫，然後盯著上尉，說：「我們付了價值五十美元的黃金。」

「是的，」基德上尉說，「我用那筆錢買了這馬車。」

威爾罕姆看了眼馬車，又看看金色字樣的「療癒礦物溫泉水」及彈孔，說：「還有挽具？」

「是的。」

「你有收據嗎？」

「沒有，」基德上尉說，「沒有收據。」

威爾罕姆注視著喬韓娜。她赤腳站著，一手放在芬西的挽具上，繫綁好的鞋懸掛在脖子上，她牢牢抓著背鏈，用力到指關節泛白。她的頭髮編起並盤繞於頭頂，茜紅色和黃色格紋的裙子被平原大風吹得揚起又落下。

威爾罕姆說：「她父母是被印第安人殺死的。」

「我聽說了，」上尉說，「眞是一場悲劇。」

方才跑腿的男人臉上掛著焦慮神情，他大聲開朗地用阿爾薩斯方言說了些什麼，然後對上尉聳了聳肩膀，不是所有人都像他這樣，這就是他聳肩的意思。

「好吧，很好，我看你們先進來吧。」

跑腿男人洩氣地咬了咬嘴唇，遲疑片刻後躍上馬背，揚長而去。

第二十章

不論上尉對威爾罕姆・雷昂伯格說什麼都沒用。他說小女孩需要自己平靜的空間，慢慢適應新環境；他說她現在自認是凱奧瓦人，不能逼她立刻重新學習歐洲人的儀態舉止；他說她已換過三任監護人，現在極需要人安定她的情緒。他也很清楚，這消息太美好，太令人興奮，他們不可能守口如瓶，所以很快就會有人上門，可能甚至帶著牧師、詩歌、讚美詞、感恩詞、香腸和生奶油蛋糕直奔而來。他們會大聲用德文對她說話，試探她是否有印象，遞出她父母的錫版相片、她六歲時穿過的連身裙，問她：妳記得嗎？有印象嗎？

上尉坐在馬鬃毛沙發上，一手端著濃烈咖啡，一手托著罌粟籽蛋糕。喬韓娜瑟縮在角落，雙手繞過腳踝交扣著，手肘邊的裙襬澎起，她凝視著白人的收藏品，以及擺放在不會移動房屋裡的所有物品。就她看來，錫版相片是有詭異黑白圖樣的古怪金屬板。蕾絲花墊、亮橘與深紅花卉地毯、玻璃窗戶、猶如裝甲鋼板立在餐具櫃的鐵礦石碟子、弱不禁風的小茶几。垂墜於窗前的布簾簡直不合邏輯，她不懂怎麼會有人在石牆上加裝窗戶，再裝上玻璃，最後用一塊布遮起窗子。

「起來，」女人說，「給我站起來。」

喬韓娜以嚴峻探索的眼神打量她，接著轉過身。

「我們發現時，他們的腦漿已經被掏空，」威爾罕姆說，「我說我弟弟和他太太，那群野蠻人鑿出他們的腦漿，然後填滿草放回頭顱裡，簡直像母雞窩。」

「這樣啊。」上尉說。他的咖啡漸漸冷掉，他一鼓作氣乾了那杯咖啡。

「她的母親還遭到性侵。」

「太可怕了。」基得上尉說。

「之後就被分屍了。」

「真是人神共憤。」他搖搖頭，胃部突然一陣翻攪。

安娜是個身材纖細的女人，動作確實，一板一眼，溫潤的橄欖色肌膚讓她的氣色顯得暗沉，她擁有一對巴伐利亞人的墨色眼珠。她徐緩轉過頭，回望穿著凌亂茜紅和黃色格紋裙的小女孩。小女孩不服氣地坐在地板上，蕾絲邊已全被扯掉。她光裸著腳，辮髮散亂，嘴唇抿成一條線，緊盯著鞋頭。

安娜說：「他們割斷小女兒的喉嚨，在她死後綁起她的腳，掛在薩比納爾店門前那棵大樹上。」安娜兩隻手緊緊交纏，「即使追上去也抓不到他們。男人全體出動追人，不要命地瘋狂騎馬。」

「我明白。」上尉說，他輕拭嘴唇，咖啡濃到放根湯匙進去都立得起來。

「所以，」安娜視線低垂，用手腕抹了下眼睛，「很高興她脫離野蠻人回來。」

他們全轉過頭注視著這個小俘虜。她正逕自哼著歌，用極其輕緩低沉的聲音唱著凱奧瓦歌曲，隨著節拍點頭。這很可能是對凱奧瓦敵人的詛咒，可能是對萬物之父太陽的祈求，可能是給威奇托山脈的讚美，也可能是求助訊號。

「她得重新學習，」威爾罕姆說，「她得再次學會我們的傳統習俗。」他深吸了一口氣，「我們膝下無子，只有一個姪子，現在他在弗里歐鎮英國佬的牧場做事。所以我們準備收留她，我太太很需要幫手，工作實在多到做不完。她不喜歡坐椅子？你看她，怎麼坐在地板上。」

「她以為自己是印第安人？」安娜問，再次斜睨喬安娜，「起來。」她說。喬韓娜充耳不聞。

「我想恐怕是這樣沒錯。」上尉說，「我希望你們記住一件事，她只有十歲。」

「這孩子需要嚴厲矯正。」

「我相信她承受的矯正已經夠多了。」

安娜頷首：「她年紀也夠大，是時候了。」

「那倒是。」上尉說。

威爾罕姆嘴巴微張，頓在那兒，他正在思考某件事。他們在等他開口，他嘴唇蠕動，他們則像是懸在半空中的絲線。最後他總算開口：「所以說，你眞的沒有買那輛馬車的收據？」

「沒有。」

□

上尉當晚彷如一塊木板，睡在樓上的硬床，但喬韓娜卻一步都不肯離開「療癒礦物溫泉水」馬車車斗和她龐大的紅色墨西哥斗篷。次日客人抵達時，她把裙子前襬塞進腰帶，露出腳踝和小腿肚，衝至穀倉，手腳並用地爬上梯子，說什麼也不肯下來。他們試著爬上梯子用德語對她說話，卻換得她丟擲一把鐮刀和一把剝樹皮刀的下場。

「別逼她吧，」基得上尉說，「你們能不能暫時別逼她？」

於是，這場德漢尼斯社區爲脫離野蠻人魔掌歸來居民所舉辦的慶祝大會，主角缺席。這些善良好心的人，辛勤建造出聖多明尼克教堂的優雅石造建築、悠長大型拱廊的典雅石頭屋舍，他們播下卡斯特羅維爾赫斯種子公司的種子，栽種出豐富的花園菜圃，包括大到像甘藍菜的牡丹、大小不輸攪乳器的甘藍菜。牧師熱情地握住上尉的手許久，最後拍了下上尉的肩膀，算是表示感謝和激賞，他說這條漫長旅途上，他們肯定有上帝的保佑，牧師說話有愛爾蘭腔。他們在後院擺出幾張滿是阿爾薩斯美食的餐桌，以德州風煙燻炙烤牛腩，清一色是馬鈴薯搭配乳酪和奶油的料理。

跑腿的阿多夫坐到上尉身旁，他是個有寬闊肩膀、德國正統方正頭型的男人。慘遭毒打的小狗躲進馬車下，趴在那裡，尾巴平穩地掃著灰塵。色澤艷麗湛藍的灌叢鴉俯衝降落至籬笆上，先用一眼盯著食物，再換另一眼猛瞧，忍不住對阿爾薩斯豐盛美食露出欽羨神色。

男人說：「威爾罕姆和安娜工作得很賣力。」

上尉拾起一塊鬆軟餅乾，說：「我正在聽。」

「他們的姪子本來和他們住在一起，後來逃走，去了努埃塞斯一帶。」

「是弗里歐鎮。」

「差不多啦。」

「因爲他們把他當土耳其人使喚。」

「正是如此。」

上尉說：「那你有什麼辦法？」

「沒辦法，」他握著叉子的粗手指向群眾，「大家都是來這裡慶祝她安全返家的，雖然各自回家後，他們一輩子都會講這個故事，甚至流傳到下一代，但他們不會前來關切她過得是否安好，也不會插手雷昂伯格家族的事，或是進一步瞭解他們是否有好好對待她。你們英國人不也是這樣？」

「很不幸，確實是。」

「這與國籍無關，不是英國人、西班牙人或德國人的問題，而是世界就是這個樣子。我自己是德國人，我可以告訴你，這些人殘酷起來也是很厲害的。」他深深吐出一口氣。「印第安人捉走小女孩、殺死她爸媽時，我曾騎馬追逐過他們，結果害得我最優秀的馬慘死，在班德拉山隘時，牠連肺都咳出來了。」

「你盡力了。」上尉一隻手拍了拍他的肩膀，然後起身，把盤子擱在馬車後擋板上。

「我得走了，」他說，「感謝你的勸告，可是我愛莫能助。」

「他們沒有收養文件。」

「有誰在乎？牧師會嗎？」

「會吧，我想他就是準備收養文件的人。」

「他們會收養她嗎？」

高大男人的背部往椅子一靠，轉頭望著威爾罕姆和安娜。他們正坐在親朋好友和左鄰右舍身邊，臉色凝重冰冷，彷彿正在法院公聽會上。上尉發現沒有幾個人和他們說話，賓客彼此開心笑鬧閒聊，其中幾個人瞥了一眼喬韓娜藏身的大穀倉，卻沒人和雷昂伯格夫婦交談。

跑腿的男人說：「不，我想他們不會，因爲這樣一來他們就有撫養她的法律義務，也得根據禮俗爲她準備嫁妝。像當初他們就沒有收養姪子。」

「好吧，」上尉說，「那我懂了。」他內心莫名一緊，喉嚨似乎有東西卡住。

男人逮住上尉的袖子，說：「你不能把她留在這裡。」

上尉內心升起一股近乎絕望的感受，說：「謝謝你，先生。我可以擇日回來看她，但現在我得先走一步。」

他必須趁熱淚滾落臉頰前，迅速離開。

第二十一章

他駕著馬車折回原本的路線，沿著前往東方的筆直道路，踏上進入卡斯特羅維爾的漫長三十五公里路。那晚他留宿梅迪納的客棧，徹夜聆聽磨坊水車輪攪打青綠色梅迪納沖積層河水發出的隆隆聲響。翌日清晨他刮了鬍子，換上全黑的讀報服裝，前往聖安東尼奧。

他跨越阿拉桑溪，看見墨西哥婦女頭上頂著裝有濕衣的水桶，涉水走過小溪，她們扯著嗓門你一言我一語地閒聊，在溫暖的四月空氣裡擰乾黑長髮的水，這畫面讓他心情大好。她們以為上尉聽不懂西班牙語，便逕自對他開黃腔，所以當他用西班牙語回應時，她們驚叫失聲，然後嬉鬧著朝他潑水。他很高興回到聖安東尼奧。

他也很高興聽到聖費爾南多整點報時的鐘聲，一個頭髮與他同樣花白的男人從輕便拖車上站起來，對他大喊：「傑佛遜・基得！過來找我！」他走上一條狹窄的石屋街道，街道籠罩在庭院般的沁涼裡，市中心街道綿延著一整面白牆，房屋承襲著羅馬時代就有的南方小鎮風格。其他兩層樓房屋被稱作大老闆之家，這些都是波肯尼高地農場主人居住的連棟住宅，這類型房子一般二樓有鍛鐵陽台，會在樓下牆面映照出雕花影子。

他過了聖馬汀街橋，接著是卡拉馬利斯街，然後拐入阿爾馬斯廣場，那裡有一七四九年在廢墟中一磚一石砌成的西班牙總督府。占地遼闊、別稱軍事廣場的阿爾馬斯廣場上，有一整排拖著穀物、蔬菜、乾草的小販馬車。墨西哥辣肉醬攤位上，五顏六色的燈籠打亮堆積如山的水果和文火慢煨的辣肉醬大釜。廣場四周商樓林立，包括文斯旅社、雷斯納和曼德爾鮑姆毛皮交易商行、羅德與迪恩錫製品店、服飾店、撞球間、馬車寄放處。上尉將短途輕馬車和它承諾的療癒泉水及彈孔留在馬車寄放處，把芬西和帕夏安頓在哈比馬房，兩匹馬兒分別獲得一大袋乾草，他自己則下榻文斯旅社，在那裡度過一個不太愉快又輾轉難眠的夜晚。

隔天他步入廣場，看見他那位於布蘭霍姆律師事務所大樓旁的老印刷廠，如今裡面堆積著等待修理的破裂馬車輪子和某些機械零件。他兩手圈住臉，往裡頭瞧。地板上堆積著一層塵埃，手搖印刷機已經變賣，可能拆解成零件出售，印刷廠裡還有一袋羊毛碎塊和一隻鞋。

他走進隔壁的布蘭霍姆律師事務所。

布蘭霍姆人就在裡頭，看見上尉時站了起來。長達三十分鐘，他向這名年輕律師諮詢了領養、回歸俘虜的法律地位、印刷法案等事。

布蘭霍姆說，「印刷法案可能會在幾年後廢除。戴維斯離開後，軍隊不再掌權，之後你或許可以重新開業。至於俘虜，這個嘛，他們應該交由父母或監護人看管。」

基得上尉騎著帕夏穿梭於車陣之間，遠離市中心，來到聖安東尼奧河的康塞普西翁教會廢墟，剝除層層繁瑣的合法程序後，他們才是這塊土地的原始主人。即使主要教堂目前已經荒廢棄置，灰泥牆上刻滿人名，傷痕累累，但這仍是他最喜歡的教堂。他打算把這塊土地留給伊莉莎白處理，他太清楚德拉勒先生的爲人，這男人既是學者，也是西班牙殖民撥贈土地專家，他肯定劈頭就會說：「先生，問題是你沒有繼承權啊，你女兒才有，所以我直接和她們討論吧。」

他折回原本的路線，騎馬到郵局取回郵件。他拿著伊莉莎白的四頁信紙，坐在階梯上。他一眼就認出她的字跡。

他們預計兩年後才會回來，我最親愛的爸爸，你知道我們也很想念德州，可是……她提到長路迢迢，舟車勞頓，纖弱的歐琳比亞禁不起長途旅行，加上他們缺錢，還需要買馬，誰曉得現在他們該怎麼橫渡密西西比河？若他有錢，可以寄點旅費給他們，他們會很需要這筆錢。是否有出租老舊貝塔恩科特宅邸的可能？畢竟他們是媽媽的家族。她已經致信給德拉勒先生討論康塞普西翁教會的土地。

不管是在這裡或是東南部大城讀報，都吸引不到太多聽眾。德州大城每天都有岸邊直送、剛出廠的報紙，報紙乘著加爾維斯敦與印第安諾拉的輪船而來，其他則隨火車從聖路易配送。雖然想到擄走孩童的科曼契人和凱奧瓦人、突襲隊伍攻擊，與此同時，電報和蒸汽火車頭卻從改革的咽喉向前邁進，不免令人覺得奇怪，可是這偏偏就是真相。唯有在北部和西部的小鎮，如達拉斯和麥卡維特堡等接壤邊境的地點，讀報才有人氣。

於是他補齊南部城市的《曼非斯呼籲日報》、喬治亞州哥倫布的《號角報》，以及其他幾份東北城市的報紙，然後回到文斯旅社，徹夜讀報抽菸，在房裡來回踱步，夜不成眠。最後他總算到一樓大廳，派一個男孩跑腿幫他買一品脫的密里根斯威士忌，密里根斯威士忌的品質是絕對信得過的。他很喜歡密里根斯鎮和它的小鎮河川，這座小鎮歷史悠久。他透過威士忌酒杯眺望樓下的煤油街燈，凝視著在威士忌的黃金銅色調裡顫動的街燈。我也歷史悠久，他內心默想，但我既不是瘋子，也不是笨蛋。

□

次日清晨，他一如往常地將帕夏綁在車後，駕馬車來到卡斯特羅維爾路。他只能安慰自己，安娜和威爾罕姆或許只是需要正確資訊或想像力，理解一個孩子被擄走後重新贖回，接著又被幾乎是陌生人的親戚收養，可能經歷哪些心境轉折。沒錯，「收養」，你們這些冷血無情又貪得無厭的禽獸。除此之外，他不曉得還能用什麼方法安慰自己，他只能放手一搏，運用理性溝通、金錢賄賂，無所不用其極。

然後他將前往北方。

他抵達德漢尼斯時，夜已深。他拐彎踏上通往雷昂伯格農場的道路，內心暗忖，或許此時此刻他們已經恨不得擺脫掉她這個大麻煩。但也可能不會，眞實情況如何？他毫無頭緒。他懷疑他們可以逼她工作，可能動用鞭子就可以吧。

接近農場時，他把馬車停在豆科灌木樹叢邊，看見農舍窗戶裡燈火閃爍，他安靜地坐在那裡，指關節扣在鼻子下沉思。

然後他在青草蔥鬱的平坦田野上，看見喬韓娜獨自一人，肩頭扛著數個沉重皮革籠頭，兩手提著一個水桶，步履蹣跚不穩。天色已黑，他們竟然派她獨自到田裡照顧馬。她舉步艱難地跨過四月青草，用凱奧瓦語輕柔呼喊著馬兒，地面不夠平坦，加上籠頭及裝有去殼玉米的木桶重壓在身，她腳步搖搖晃晃，好幾束蓬亂的太妃糖色頭髮散落肩頭。她年僅十歲，卻在這樣的黑夜裡被派出門，肩扛重達九公斤的籠頭、玉米和沉重木桶，步入一個對她而言陌生至極的景色。

他站了起來，對她喊道：「喬韓娜。」

她轉過身，止住腳步看看馬車，看看帕夏，再凝望著駕駛座的他。聳立青草在她的裙襬邊發出輕柔沙沙聲。她穿著同一套連身裙，他們甚至沒讓小女孩洗澡更衣。

「沙尉！」她發出低柔呼喊，轉過身面向他，先是定定站在那裡，然後腳步蹣跚地朝他走了過去。「噢，帕夏想吃！系嗎？」她撈出一把玉米：「我浪帕夏吃，口以嗎？」這是她唯一想到可讓*Kontah*停下腳步，不拒她於千里之外的辦法，也是讓人想要她的唯一方法。

他在她的前臂和手上看見好幾道暗紅色條紋。那是小狗鞭子留下的印子。占據他心頭的憤怒讓他動彈不得，幾乎無法思考與反應。下一秒他平靜地說：「我們走吧，已經沒事了，我們走吧。快放下那要命的木桶。」

他把韁繩纏繞在駕駛桿，步下馬車，她丟下木桶飛奔過去，一把捉住籬笆上緣的欄杆，翻過身降落在道路那側，裙子像是飛舞的扇子般朝上一掀，最後雙腳著地。

「*Kontah*，」她說，「爺爺，我跟你走。」她的淚水潰堤：「我跟你走。」

「好。」他說，雙臂環抱她，取下她肩上的籠頭，一把扔在泥土道路。上尉把「療癒礦物溫泉水」馬車往北調頭，說：「要是有人敢反對，我們就用裝滿十美分的手槍對付他們。」

第二十二章

他和喬韓娜再次從聖安東尼奧北上，來到威奇托福爾斯、鮑伊和貝克那堡，有時會有承運人或陸軍軍隊隨路護航。他的身分是讀報人，而她則是他解救的小俘虜，據說她曾以印第安人的勇猛之姿對付一個名叫艾爾瑪的道德淪喪惡徒，他藏匿在罪大惡極的巢穴，上尉來不及阻止她，她就用一袋二十五美分硬幣幹掉對方。不過你看她，現在可整理得乾淨俐落，不但會用肥皂、穿鞋，還會幫上尉保管帳款。你也能在冬季餐館最裡面那張餐桌上找到他們，只見她伏在書本上，在上尉的傳單背面，用木匠鉛筆一筆一畫地寫字，他耐心地指導她寫字的手。「親愛的，妳看，A是蘋果的A，B是男孩的B。」途經達拉斯時，上尉發現甘內特太太已和一個比他年輕許多的男人交往，這男人六十二歲，戴著厚重眼鏡，腰圍少說四十四吋，可是他住在達拉斯，未來也會繼續留在達拉斯，不像他一樣浪跡天涯。

拉納・麥肯齊上校在最終的箝制行動裡，在帕羅杜洛峽谷將科曼契人和凱奧瓦人逼到進退維谷，就這樣印第安戰爭宣告落幕。上尉和喬韓娜在動盪不安的德州從容不迫地四處飄泊，努力賺錢、避開麻煩，上尉用他的嘹亮嗓音朗讀新世界新聞，美國人忙著打內戰的同時，新世界已經成形。他朗讀到輪船、小行星、一種名叫打字機的機器、全新的駟馬車領帶結。一如既往，犯罪肆虐猖獗，無恥罪人，奇異恩典。他的鐵輪已經修好，有時上尉研究報紙文章時，喬韓娜會站在他身旁，拿起他擱在後擋板上的錶，說：「沙尉，時間到。」

「對喔，親愛的。」他說，然後收攏他做好朗讀記號的文章。

他們來到盛產棉花的馬歇爾郡，進入納科多奇斯。也有鎮民前來聽西班牙文的《喇叭報》新聞，這些人是身穿挺拔正式黑色西裝、頭戴老式西班牙帽子的男人，他們是不計一切代價努力保衛土地、抵抗英國佬的農場主人。他們揭起帽子，向小女孩打招呼，稱呼她「小俘虜」（*La Cautiva*）。

他們從那裡出發，又抵達東德州，當地奴隸現在終於可以展開屬於自己的人生。喬韓娜和上尉沿著海岸南下到墨西哥灣，目睹鹹鹹海水捲來滿滿是沙的海浪，七彩絢麗的僧帽水母猶如賽璐珞甘藍菜般橫躺沙灘。每次上尉讀報時，她都一臉肅穆地坐在顏料罐後負責收費。她漸漸地學會了英文，卻老是省略某些音節，老是克服不了捲舌音。上尉一一記下凱奧瓦單字，開始著手編撰一部凱奧瓦字典，可是要怎麼介紹五花八門的音，他始終摸不著頭緒，最後只好擱置一旁。

她欣然接受四處流浪的生活。她窩在頂篷和側簾的安全範圍內，觀察世界更迭變遷，每四十八公里就會遇到一座全新小鎮、一群不同的人。他們來到海岸鄉村，感受櫟樹涼蔭下生機盎然的泉水，偶爾體驗從柯爾維爾到拉諾的乾旱西德州荒漠，再從那裡出發前往康喬和麥卡維特堡、威奇托福爾斯和西班牙堡，去見見西蒙和朵莉絲及他們的兩個孩子。

她從未珍視白人覺得寶貴的事物。凱奧瓦人最驕傲的一件事，莫過於即使一無所有，仍然可以善用手邊物品，在沒有水源、糧食、屋簷的情況下亦可自力更生。生活本來就不安定，並沒有物質可為人帶來安穩，無論是流行服飾，或是銀行帳戶，都無法提供保障，說到底人類生活最重要的還是勇氣。她的姿態和表情不像白人，他也心知肚明她永遠不會像白人。對東西感興趣時，她會目不轉睛地盯著，提問也從來不拐彎抹角，提出令人尷尬的問題是時常有的事。對她來說，所有動物都是食物，不是寵物，她花了好長一段時間才搞懂硬幣是法定貨幣，不是彈藥。

每天與她相處，在耳濡目染之下，他也變得不覺得白人重視的事物有那麼重要。他發現自己深深沉迷於遙遠他鄉和陌生人群的故事，於是請報攤幫他訂購英格蘭、加拿大、澳洲和羅德西亞的報紙。

他開始為聽眾朗讀遙遠他鄉和奇異風土事蹟，講到穿戴海豹毛皮的愛斯基摩人、約翰・富蘭克林爵士的探險故事、無人島的船難事件，還有四肢纖長、膚色如桃花心木般黝黑卻滿頭金髮的澳洲內地土著，他們創作的音樂怪異到文字無法描述，基得上尉很想親耳聽聽。

他朗讀著維多利亞瀑布的發現，以及有人曾見眞假不明的幽靈船「飄泊荷蘭人」，某人目擊一個男人從船橋上發出閃光，發送信號，詢問早已不在人世的人。他述說這些故事時，德州人在那一刻全彎著腰安靜聆聽，無論外頭飄雨降雪，皎潔月光灑落，抑或燈火熄滅，都無人留意。基得上尉在每次一個鐘頭的朗讀時間，都成功讓光陰凝止不動。

上尉始終想不透，小女孩是怎麼在離開德國家人、被凱奧瓦家庭收留後，經歷如此劇烈的改變。她怎麼能在短短四年內，徹底忘記自己的母語和父母、家人同胞、宗教、文字，她不記得該怎麼使用刀叉，也不會用歐洲音階唱歌。即使已經回到同胞身邊，這些記憶卻再也回不來，直到人生終點，她內心深處依舊是凱奧瓦人。

三年後，上尉的女兒、女婿和兩個外孫回到聖安東尼奧，重新取回如今空蕩的貝塔恩科特宅邸，開始了收復西班牙土地的遙遙無望之路。艾默里爲一間新印刷廠背債，他接下雷昂．默克的服飾店，將店面搖身一變成爲印刷廠。歐琳比亞成日在老貝塔恩科特宮殿的房間裡飄來蕩去，哀聲嘆氣，直到她總算再婚，大家才鬆一口氣。伊莉莎白養育兩個兒子，狹長飯廳角落有一張書桌，桌面上堆滿地籍圖及泛黃的土地紀錄。

他們回來後，基得上尉總算停止他在德州浪跡天涯的生活。上尉爲了她四海爲家，但凡事皆會走到盡頭。聖安東尼奧蓬勃發展，許多美輪美奐的西班牙老房子已遭拆除，當地人的土地遭到剝奪，這令上尉十分難過。基得上尉和喬韓娜後來和伊莉莎白、艾默里及他們的孩子，也就是上尉的外孫一起生活，這時他已垂垂老矣，而等待著她的卻是未知將來。他在印刷廠指導艾默里，女婿對這份工作興致盎然，上尉坐在一張散放排字手盤的桌前，檢查每一批剛出爐的印刷物。爲了上尉，喬韓娜努力扮演好白人小女孩的角色，她加入其他女孩到河邊玩耍、和她們一起上舞蹈課，吞忍使用橫座馬鞍的恥辱。她用又妒又羨的眼神望著墨西哥女人和小女孩在阿拉桑溪和聖佩德羅泉水裡露出肌膚的洗衣畫面。她們對彼此潑水，擰乾濕髮，將裙子高舉至腰部，涉水而過。她身穿女騎裝和帥氣小禮帽，渾身僵硬地坐在馬背上凝視著她們，然後騎馬回家，努力在晚餐席間裝出爽朗模樣，小心使用刀叉和小咖啡匙。上尉沉重地嘆了口氣，雙手擺在腿上，盯著他的芙蘭派。最可怕的事總算降臨，他不知道該如何是好。

有天，杜蘭德的約翰・凱利騎馬進城，特地前來探望上尉。這位肅穆莊嚴的老先生在杜蘭德貿易商行裡大聲吆喝，要聽眾保持安靜與理智的畫面，至今依舊深深烙印在他的腦海。凱利來到這條名爲哀傷的酷熱街道，站在貝塔恩科特宅邸的雙開門前，頭頂的帽子遮蔽著炎炎暑意，往他臉上投射出一道陰影。然後大門裡的一扇小門敞開，一個個頭嬌小的女僕瞥向門外，她身後站著一個年約十五歲、體態纖細的女孩，豐盈黃色髮辮盤成一頂皇冠。她有雙蔚藍眼睛、爬滿鼻梁的雀斑，身上穿著一套帶有黃色編織人形的深灰色連身裙，裙襬綿長飄逸，她淺粉紅色的指甲乾淨無瑕。

「什麼事？」女僕語氣粗魯地以西班牙語質疑道，「先生，請問有何貴幹？」

「請問，」女孩說，「你想要找誰？」

那一瞬間，他為之語塞，最後總算找回聲音：「妳該不會是上尉護送的俘虜小女孩喬韓娜吧？」

「是的，我是喬韓娜・基得。」她對這名穿著高筒旅行靴、臂膀上掛著防塵長外套的陌生人，投以一抹似有若無的笑意。

凱利脫帽，忍不住一直盯著她瞧。這是當時那個坐在短途輕馬車擋泥板前，髮辮凌亂骯髒、眼神如同野獸的十歲孩子？他還記得她從自己手心搶走太妃糖的模樣。

他說：「啊，是這樣的，我是過來向上尉打招呼的。啊，我正好來聖安東尼奧看，呃，」他頓住，「看管牛群，沒錯。」

「每問題。」她後退，一隻手指向老宅室內，說：「他現在人在露台，請進。」

他一隻靴子停在半空中，問她：「妳不會正巧記得我吧？」

她謹慎地上下打量他。她的湛藍眼珠探索著他，他努力打直身子站好，身上仍帶著風塵僕僕的污漬。站在磁磚地板走廊的蔭涼處，凱利忍不住出神。「不好意思，」她說，「但我好像不記得見過你。這邊請。」

他跟在她背後，靴後跟落在磁磚上，發出清脆聲響，他看見上尉正在露台的陽光底下閱讀一本厚實的皮革裝訂書。他在合歡樹的清涼陰影裡與上尉交談，老先生身子依舊硬朗，離開前凱利詢問上尉是否方便再來看他，後來他也再度前來探望上尉。這一次前來，他爲上尉帶了幾份報紙，還準備了一小束他認爲基得小姐會喜歡的雅緻乾燥玫瑰花送她。

「喬韓娜，」她說，「叫我喬韓娜就好。」

凱利坐在伊莉莎白的小鋼琴前，彈奏《涼亭乘涼》和《德州黃玫瑰》，他低垂的視線雖然沒有離開琴鍵，卻仍等著看她是否會上前，沒多久她就站在他肩膀旁。他在鋼琴長椅上挪出空間，她遲疑片刻，最後仍在他身旁坐下，優雅地壓好裙子，這是她頭一遭對他露出微笑。他教她唱這些歌曲，一個一個音符地教。

對他來說，這是個漫長奇妙的午後。牛奶小販牽著乖巧的灰馬沿街叫賣：「牛奶！來買生乳哦！」有人在維拉曼第的大木門前呼喊著提莫蒂的名字，微風自屋後的河畔輕輕吹拂而來，曼陀羅喧嚷的緋紅喇叭垂墜於緊閉的百葉窗外，投射出迷濛陰影。凱利用粗啞的嗓音走音哼唱：「她在靜謐夏夜裡漫步河畔……」後面忘詞了，但他很確定與閃爍星辰有關。過了一會兒，他不再唱，只是坐著凝望她。

上尉站在一面高聳窗前，這面落地窗拔地而立，足足兩百七十公分高，他注視著牛奶小販牽著馬，行經一間已遭拆除的西班牙老屋，又漫步走過小島廣場周遭的嶄新磚石建物，最後踏進炎熱午後，步入歷史。

日落時，凱利該走了，她站在門邊，雙手像是端出一塊大毛氈蛋糕般地捧著他的帽子。她小心地說：「遮是你的帽子。如果你可以過來晚摻，我們會很高興的。」

約翰．凱利決定留在南德州，在弗里歐鎮，也就是聖安東尼奧南邊草木繁茂的鄉村、惡名昭彰的努埃西斯河地帶趕野牛。之所以沒有多少人在這一帶趕牛，是因爲這裡是法律死角，不適合膽小的人，但要是保持警戒、撐得夠長久，就能趕到足夠的野牛，掙到一小筆錢，而這全視你的槍法能有多準、能睡得多沉，或者多久不睡。他雇聘班恩．金奇洛威，還有其他精通英語和西班牙語、既可駕馭野牛也懂左輪手槍的鐵錚錚漢子。他在他趕到的牛隻身上烙印記號，挺進北部，兩趟下來，約翰．凱利已是成功人士。

根據南方古老傳統，婚禮得選在一月，於女方家裡舉辦，於是他和喬韓娜在貝塔恩科特宅邸結婚。喬韓娜和上尉坐在她的臥房床沿，等著被呼叫下樓。凱利一身黑色挺拔長禮服、戴著長寬形領巾，正在樓下和聖約瑟夫主教堂牧師等候。她兩隻手情不自禁地顫抖。

她緊緊依偎著上尉坐在床沿，彷彿尋覓能抵擋未知將來的庇護。她身上散發著卡拉馬利斯溪河畔生長的馬鞭草花香、橙花水香氛、禮服澱粉漿的味道。

「*Kontah*。」她的聲音輕顫，雙眼噙著淚水。

「沒事的，喬韓娜。」

「我從每有結過婚。」

「不是吧！妳認眞的？」

「霸托，沙尉。」她的手顫抖著，按壓精緻髮辮和珠網頭飾邊緣下方的面紗，「不要咖玩笑，我都快暈了。約翰也每有結過婚。」她的圓潤臉龐漲紅，雀斑猶如山丘的野桃斑點，清晰分明。

「老天保佑他千萬別結過婚。」

「*Kontah*，結婚要遵守哪些重要的規矩？」

「這個嘛，」他說，「第一，無論如何，都不可以剝除對方頭皮。第二，不要用手吃飯。不要宰鄰居的雞。」他盡可能保持語調輕快，可是喉嚨卻越縮越緊，他清了清喉嚨，發出尖銳聲音。「至於其他該遵守的規矩，相信你倆日後自會有答案。沒事的，不用擔心。」

他從口袋裡撈出那只金色老獵錶，彈開錶蓋給她看。

她拭了下眼睛，低頭看錶，說：「十一點，是時候了，*Kontah*。」

伊莉莎白對著樓梯呼喊，接著提起裙襬奔跑上樓，她探出頭微笑著說：「喬韓娜，準備好了嗎？」

喬韓娜轉過身，雙臂繞著上尉的脖子：「我們會時常回來看你，」她說，「你就是我的療魚礦物泉隨。」接著不由自主地啜泣起來。

「是啊。」他說，閉上雙眼，祈禱自己千萬不能哭出來。「而妳是我最親愛的小小戰士，別哭。」他把手錶塞進她的手心：「我要妳收下這只錶。過去這幾年時光飛逝，光陰似箭，這麼多年來我時時刻刻都擔心著妳，卻很開心有妳作伴。而現在，是該把妳交給另一個人的時候了。」

□

和約翰・凱利結婚後，她和他踏上另一段旅程，搭乘輕便四輪拖車，一路來到密蘇里州的錫代利亞。這是她最享受的生活，就這樣，喬韓娜和約翰・凱利在德州鄉村趕牛過活直到下一個世紀。他們目睹飛機在尤瓦爾迪降落的畫面。他們手牽手，和兩個已經長大的孩子望著飛機撞上德州土地，飛行員一副刻意安排墜機的模樣，悠哉步出摧毀的機身。

上尉相當長壽，他再度重拾凱奧瓦辭典的編撰工作，直到視線模糊。他時常想起她在大布拉索斯河十美分槍戰事件的吶喊，那可是戰呼，當時她只有十歲，卻比誰都認眞。

一八七一年，布里特・強森、潘特・克勞富和丹尼斯・柯雷頓在北德州格拉罕跑貨運任務時，遭科曼契人殺害。他們在格拉罕和印第安蒙德山之間唯一的空地被科曼契人逮個正著，之後就地埋葬，石碑至今依舊矗立在原地。

西蒙和朵莉絲共組家庭，他們有六個孩子，所有孩子的名字都以「D」字母爲首，全家人都是音樂家，多年來都在北德州附近巡迴演出，在鄉村舞會和集會演奏愛爾蘭吉格舞曲和牛仔民謠。霍瑞爾兄弟在中德州和新墨西哥州繼續無法無天的犯罪行徑，直到其中幾人在一八七七年的蘭帕薩斯廣場大型槍戰中身亡，最後得償所願地登上東部報紙。

聖費爾南多大教堂正面全新翻修，還蓋了雙子塔，但建於一七三三年的舊教堂和聖壇圓頂原封不動。後來紀念墓園得移到聖安東尼奧河南邊，但許多原始的西班牙移民仍葬在地底下，因此貝塔恩科特家族的遺骨仍在那裡安息，也許在新世界的他們總算對聖費爾南多教堂的祈禱鐘聲感到心滿意足。凱奧瓦戰士骨骸則未深埋地底，而是活在他們的人生故事裡，經人再三重述，故事傳頌著他們的英勇膽識、布里特・強森和同伴的死、被印第安事務官帶走的女孩小蟬，也就是三斑那擁有湛藍眼珠的女兒。

應上尉的遺願要求，他最後與他的傳令兵徽章同葬。這是他自一八一四年起保留至今的徽章，他說他想要傳遞一則訊息，內容不詳。

《讀報人》全書完

作者的話

若對美國邊境原住民部落俘虜並收養的孩童心理感興趣，請參考史考特・澤西（Scott Zesch）的著作《俘虜》（*The Captured*）。這本書內文記述德州邊境的孩童綁架，其中包括澤西的曾舅公，描寫十分深刻。每一則故事都提供了背景，講述孩子們在遭到部落收養或殺害前所經歷的惶恐和死亡。至於孩子爲了活下去套用哪些心理策略，目前尚無決定性的重大研究，我們也引頸期待未來能有相關研究出爐。遭擄孩子在生活習慣等各層面都變成印第安人，回到非原住民家庭後，很少人調適得回原生家庭的生活。即使和印第安家庭相處時間不滿一年，孩子仍盼望能回到收養家庭，被擄走的英裔美國人、德英裔美國人、墨西哥孩童都有這種現象。關於這個現象，本書的愛爾蘭角色朵莉絲・狄倫的看法恐怕是最貼切的，就讓讀者慢慢咀嚼她在書裡說的那段話吧。

致謝

我最要感謝的依然是我的經紀人莉絲・達爾漢索夫、編輯珍妮佛・布雷爾，謝謝她們毫不遲疑、慷慨地支持我的故事。

謝謝茱恩與韋恩・奇斯姆與我分享韋恩祖先凱薩・阿多夫斯・基德的故事。基德是一八七〇年代北德州小鎮的新聞朗讀人，也是我創作出《閃電的顏色》和上尉的靈感來源。

讀報人 / 波蕾特・賈爾斯 著 ; 張家綺 譯. -- 初版. --
臺北市 : 蓋亞文化, 2020.07-
冊； 公分
譯自 : *News of the World*
ISBN 978-986-319-487-3

874.57 109005027

Laurel 002

讀　報　人 NEWS OF THE WORLD

作　　者　波蕾特・賈爾斯（Paulette Jiles）
譯　　者　張家綺
裝幀設計　莊謹銘
編　　輯　章芳群
總 編 輯　沈育如
發 行 人　陳常智
出 版 社　蓋亞文化有限公司
地址：台北市 103 承德路二段 75 巷 35 號 1 樓
電話：02-2558-5438　傳眞：02-2558-5439
電子信箱：gaea@gaeabooks.com.tw
投稿信箱：editor@gaeabooks.com.tw
郵撥帳號 19769541　戶名：蓋亞文化有限公司
法律顧問　宇達經貿法律事務所
總 經 銷　聯合發行股份有限公司
地址：新北市新店區寶橋路二三五巷六弄六號二樓
電話：02-2917-8022　傳眞：02-2915-6275
港澳地區　一代匯集
地址：九龍旺角塘尾道 64 號龍駒企業大廈 10 樓 B&D 室
電話：+852-2783-8102　傳眞：+852-2396-0050
初版一刷　2020年07月
定　　價　新台幣 290 元
Published and Printed in Taiwan

ISBN／978-986-319-487-3